AF347678

Bilkis Saba

NAOI

Koi Press

Bilkis Saba
Naoi
© Koi Press

Koi Press è un marchio editoriale di Openmind Srls
Via Volta 72, 20013 - Magenta (MI)
www.koipress.it

ISBN 9788898313716

Progetto grafico: Koi Press
Foto di copertina: Fotolia.it

La storia è di pura fantasia.

La via più breve e più larga che conduce al mondo nuovo passa per una tappa fondamentale: l'eccesso di popolazione, l'accresciuto ritmo di incremento demografico, sì che all'umanità si pone la scelta tra l'anarchia e il controllo totalitario.

ALDOUS HUXLEY

Ahhh, oh come on!
Say "We got our backs
to the wall!"
Get on!
And watch out! Ah!
Before you kill us all!

KASABIAN

1
Now

Stuart si svegliò di soprassalto, con un senso di soffocamento. Cercò di sollevarsi, ma qualcosa lo teneva bloccato. Abbassò lo sguardo sulle sue braccia: erano legate, distese lungo i fianchi, con una spessa corda di nylon. Provò a muovere le gambe, ma anche queste erano saldamente allacciate a una sartia di poliammide per uso industriale.

La testa gli doleva, sentiva qualcosa di appiccicoso e caldo sulla fronte, qualcosa che colava lentamente sulle tempie, dandogli al contempo un senso di prurito e di bruciore.

Era disteso su un lettino odontoiatrico in un ambiente umido, forse una cantina. Un neon intermittente illuminava, a scatti, muri grigi invasi da muffe verdastre e una scaffalatura d'acciaio aperta, dove erano impilate delle confezioni di plastica bianca.

Davanti a lui, un altro lettino. Stuart non poteva vederne l'occupante, che gli dava le spalle. Intravedeva solo braccia che sporgevano, dai lati, e si muovevano istericamente, in preda a tremori e convulsioni.

— Ehi, tutto bene?

Nessuna risposta.

— Dove siamo?

Le braccia continuavano a muoversi scomposte. Il lettino sobbalzava, come se la persona distesa fosse posseduta da qualche entità sconosciuta risiedente all'interno del suo corpo.

Stuart sospirò. La fronte gli pulsava. Si sentiva stanco e acciaccato.

Non ricordava perché fosse lì, nemmeno sapeva da quanto tempo. Nomi scollegati tra loro presero a ronzargli in testa: Kasabian, Vermeer, Hastings...

Riuscì a infilare una mano nella tasca dei pantaloni. Tastò qualcosa di minuscolo, freddo e solido. Estrasse l'oggetto. Sollevando a fatica il capo lo osservò: un piccolo timer metallico con una E maiuscola, il logo dell'Endream, nell'angolo alto del display. Un conto alla rovescia. Mancavano tre ore, ventotto minuti e ventitré secondi. Ventidue. Ventuno. Venti...

Tutto gli fu più chiaro.

Lei gli tornò in mente.

E, lui, doveva fare qualcosa di molto importante.

2
Before

Stuart camminava velocemente su Brixton Hill schivando i passanti. Il cielo era grigio. Sulle fiancate degli autobus che sfrecciavano in direzione di Streatham Common si susseguivano i pannelli elettronici che pubblicizzavano l'Endream: una vita migliore per una società migliore.

Stuart si strinse nelle spalle. Aveva freddo. L'umidità penetrava sotto il suo cappotto. Glielo aveva venduto un tizio al Flea Market di Clapham spacciandoglielo come termico, ma doveva immaginarselo, per quello che lo aveva pagato, che sotto c'era la fregatura.

Sul marciapiedi davanti all'entrata della metropolitana di Brixton, invasati che predicavano l'avvento del Messia e l'arrivo del Giorno del Giudizio Universale si contendevano la poca attenzione della gente e lo spazio disponibile. Sulla sinistra, qualche metro prima che la strada venisse inghiottita dal sottopassaggio della ferrovia, sul muro di un palazzo capeggiava ancora il grande murales, ormai sbiadito, dell'ultima rivolta, quella del 2025. Un uomo con la pelle nera, gli occhi a mandorla, un turbante in testa, con indosso una *galabeya* bianca riccamente ornata di ricami dorati, stringeva, nei pugni chiusi, poliziotti-giocattolo. Sullo sfondo, come un mosaico, erano rappresentate tutte le bandiere degli Stati sovrani dei cinque continenti. La scritta ai suoi piedi recitava: "Brixton è il mondo. Brixton è nostra".

Stuart pensò che ormai erano passati dieci anni da quelle settimane di autentica guerriglia urbana, quando la popolazione multietnica del quartiere si era ribellata alla decisione della municipalità di radere al suolo la vasta area degli *Estate* popolari per costruire complessi residenziali lussuosi. Dieci anni. All'epoca molta più gente viveva lì, rifletté Stuart, per usare un eufemismo. In realtà tutta South London, e non solo, era sovraffollata. I crimini e i furti per accaparrarsi beni di prima necessità avevano raggiunto picchi mai nemmeno ipotizzati dal governo. Le carceri erano sature. I parchi ospitavano accampamenti abusivi di profughi che venivano sgomberati con frequenza settimanale per ricomparire da un'altra parte. Brockwell Park si era trasformato in una discarica. I cittadini si erano fatti portatori del concetto supremo di autodifesa, spesso alla notte si sentiva sparare in strada e la mattina dopo qualche disperato senza documenti d'identità veniva trovato crivellato in qualche vicolo.

Quando la polizia e l'esercito erano giunti per obbligare gli ormai troppi abitanti degli *Estate* a traslocare molto più a sud, oltre il collare veicolare della tangenziale M25, dove era stata costruita New Reigate, una città satellite di edilizia popolare, era scoppiata la rivolta. Le due fazioni si accusarono a vicenda, qualcuno affermava di aver visto un poliziotto sparare a sangue freddo a Leonard Monk, il primo giovane martire della contestazione, qualcun altro aveva dichiarato che Monk, appartenente a una gang, era stato freddato da una banda rivale. Comunque fosse andata, alla sua morte ne seguirono altre. Su tutta Brixton vigeva il coprifuoco, i negozi vennero assaltati, bombe scoppiarono dentro il Brixton Market e alla stazione della polizia. Gli arrestati vennero condotti in prigioni lontane. Dopo quattro settimane, con un bilancio finale di ottantasei morti tra i rivoltosi e quarantacinque tra le forze dell'ordine, oltre alle centinaia di feriti, Brixton venne ripulita. Autobus turistici, riconvertiti per l'occasione, trasportarono le famiglie a New Reigate. Gli esplosivi entrarono in azione, i bulldozer sgomberarono le macerie, squadre di cyberbricklayers impilarono mattone su mattone per costruire le rade residenze di lusso, circondate da parchi e aree verdi finalmente ripulite dalla popolazione autoctona. Uno spietato processo di gentrificazione a cui non era seguita nessuna protesta. L'intero apparato massmediatico era troppo occupato nel dare il via alla più grande campagna pubblicitaria di tutti i tempi, che coinvolse chiunque detenesse del potere sulla coscienza collettiva: venne fondata una multinazionale farmaceutica che introdusse la pillola Endream, un'esperienza di sonno profondo più emozionante della vita stessa, grazie alla quale i consumatori non avrebbero più voluto svegliarsi. A New Reigate, l'Endream, venne distribuita gratuitamente tra gli sfollati di Brixton per evitare che il nuovo insediamento assumesse in tempi rapidi la proporzione di una megalopoli ingestibile. In tutti i quartieri di Londra, così come a Parigi, Milano, Los Angeles, Tokyo, ovunque nel mondo, l'Endream divenne la barriera per ridurre l'impatto del sovraffollamento. La risposta, per i deboli, a ogni problema. La via di fuga. Una vita migliore in una società migliore, come recitavano le pubblicità intermittenti sulle fiancate degli autobus, sui grandi schermi collocati sui tetti delle case, nei monitor nelle metropolitane e davanti alle vetrine dei negozi.

Convincerci tutti a morire, concluse Stuart fra sé. *Organizzare la nostra vita in base ai loro interessi.* Si strinse di nuovo nelle spalle, del resto era anche grazie alle conseguenze della messa in commercio dell'Endream e, del costosissimo e illegale antidoto a essa, che lui poteva vantare un lavoro remunerativo che gli permetteva di condurre un'esistenza benestante.

Riflettendoci era incredibile, anche se ormai chiunque lo aveva acquisito come un dato di fatto, un processo irreversibile, che tutto fosse iniziato con un articolo di un oscuro medico, poi scomparso dalla circolazione, apparso su un sito di divulgazione scientifica nel periodo della rivolta di Brixton. Il dottore, un certo William Dalton, docente all'università Johns Hopkins di Baltimora, aveva dichiarato che il punto di ritorno fra consumo delle risorse e la produzione era stato superato. Il perché i governi di tutto il mondo, per la prima volta coalizzati, vi avessero dato credito e avessero poi deciso, unanimemente, che il problema della sovrappopolazione doveva essere controllato in maniera drastica rimase un mistero. Sta di fatto che la decisione, votata a favore dalla totalità dei capi di Stato delle duecentosei nazioni rappresentate in un convegno esclusivo alla sede dell'ONU di New York, fu quella che bisognava ridurre del quaranta per cento la popolazione mondiale e per farlo fu varato il *Programma*, che comprendeva vari stadi: la costituzione di una multinazionale farmaceutica che introducesse pillole per la cura del sonno eterno, il convincimento delle chiese per spingere i propri fedeli sull'idea di paradiso come mezzo di rifugio dal dolore, espandere il messaggio che il lungo sonno era una fonte di sollievo dalla sofferenza, legiferare leggi a favore dell'eutanasia, ampliandone sempre di più i suoi ambiti.

Non ci furono proteste. E dove ci furono vennero messe a tacere nel silenzio più totale. Del resto era un processo presente in natura, dicevano gli scienziati, e come esempio avevano portato il caso degli scimpanzé, che quando diventavano troppo numerosi, rischiando di creare squilibri nella comunità, si ammazzavano tra loro, accanendosi particolarmente con gli esemplari maschili, per ripristinare un equilibrio di benessere.

L'Endream venne usata come soluzione finale per chiunque avesse una malattia incurabile, per gli anziani, i disabili, i disoccupati e i poveri, incapaci di trovare una risposta pratica alla propria precaria esistenza.

E per compensare il decadimento della società e dei suoi valori venne promosso nuovamente il concetto di famiglia. Per ridurre i divorzi e spingere le persone a non rimanere sole venne sviluppato l'ultimo anello del *Programma*: l'unione. L'unione monitorava la vita delle persone attraverso tutte le loro attività, gli spostamenti, le conoscenze, gli interessi, il lavoro, i gusti. Veniva poi redatto un profilo successivamente inserito in un gigantesco data base per essere confrontato con altre migliaia di profili nel tentativo di far trovare l'anima gemella ai candidati. A questi arrivava a casa una lettera digitale che li obbligava a recarsi all'ufficio del Ministero della Programmazione dove avrebbero conosciuto il loro o la loro potenziale partner. L'appuntamento aveva priorità su ogni cosa. Nessuno poteva obiettare. Il candidato che non si fosse presentato diveniva perseguibile di reato e condannato per direttissima a due settimane di reclusione.

Stuart lo sapeva bene, era alla sua ultima possibilità. Conosceva perfettamente la procedura e l'ambiente dove ci sarebbe stato il contatto con la donna che avrebbe potuto sviluppare con lui una famiglia. I due soggetti si incontravano in una stanza sterile e senza arredamento al Ministero della Programmazione e passavano insieme due ore. Al termine del tempo concesso i due soggetti uscivano da due rispettive porte, in un'anticamera, dove si trovavano davanti altri due vani. Ognuno poteva scegliere se la persona che aveva conosciuto gli andava bene oppure no. Se entrambi uscivano dalla porta del Sì potevano trascorrere insieme le future quarantotto ore, facendo ciò che desideravano, cercando di capire se erano fatti l'uno per l'altra.

Al termine dei due giorni la coppia doveva presentarsi nuovamente al Ministero e convalidare il matrimonio oppure motivare le ragioni per l'incompatibilità, che sarebbero state inserite e protocollate nel dossier di ognuno per i successivi tentativi.

Se sceglievano la porta del No riducevano le loro possibilità. Quando si raggiungeva il nono incontro mancato si veniva classificati come esuberi, questi ultimi non potevano superare la soglia dei cinquant'anni, a meno che uno non fosse miliardario, e potesse permettersi di donare allo Stato, di anno in anno, una cifra sempre più astronomica, per ottenere quello che veniva chiamato lo Statuto del Diritto alla Vita, diversamente la pillola era d'ufficio dopo la quinta decade.

Cinquant'anni... a Stuart vennero i brividi. Mancavano pochi mesi e si stava recando all'ultimo tentativo. L'ultimo profilo utile.

La prima volta, era molto più giovane, era stato associato a una ricercatrice del Dipartimento di Psicologia. Era una bella donna, piena di vita. Lui aveva scelto il Sì, lei il No. Era stato il preambolo a quello che era sempre capitato in seguito. A Stuart, nonostante la sua forte anedonia, o forse proprio per questa, andava bene tutto, pur di uscire da quel circolo allucinante e potersi godere una vita fatta di nulla, a fianco di una donna che non lo avrebbe amato ma che poteva dargli un appiglio. Consentire anche a lui di procreare futuri candidati e poter mantenere la compensazione.

L'Endream doveva essere un viaggio assoluto, a quanto dicevano i suoi pazienti. Prendevano la pillola e accendevano il timer che veniva dato insieme al farmaco. Volavano alto, altissimo e, quando il tempo del non ritorno stava arrivando, qualcuno di cui potevano fidarsi ciecamente gli iniettava l'antidoto. La Endream nell'ultima campagna promozionale aveva raddoppiato la durata del sogno da sei a dodici ore.

Dodici ore... sommate erano più di tutti i momenti di gioia provati da molte persone.

La vita non era mai bella quanto il sogno prodotto dall'Endream, e questo portava a dipendenza e tossicità. Stuart lo sapeva, ne vedeva continuamente di ricchi tossici che acquistavano fiale di antidoto al mercato nero, e sopravvivevano in un delirio costante di allucinazioni e depressioni.

Oltrepassò i giovani strilloni che invocavano

Gesù Cristo, il Salvatore, e scese le scale fino alla barriera. Estrasse dalla tasca l'abbonamento magnetico e lo passò sul pannello. La barriera si aprì e lui camminò fino al binario.

Ai monitor si susseguivano le notizie lampo del TG 24 ore. Un'onda anomala aveva sommerso le coste settentrionali del Portogallo; le truppe della Coalizione Internazionale avanzavano verso Bukan, ultima enclave dello Stato Islamico, i cui appartenenti, che resistevano da anni in quel lembo di terra al confine tra Iraq e Siria, erano gli unici che non volevano rassegnarsi al nuovo corso e avevano annunciato più volte, attraverso i loro canali web, che tutte le personalità più importanti del mondo musulmano erano da considerare alla stregua di infedeli da quando avevano accettato e promosso "Il grande sonno di Satana"; il governo in Italia era caduto dopo quattordici mesi, uno dei più longevi della storia repubblicana; i campioni in carica del Leyton Orient avevano vinto 3 a 0 contro l'Arsenal nell'anticipo della seconda giornata di Premier League.

Ci fu un breve stacco pubblicitario della Endream, seguito da un annuncio, ripetuto anche dagli speaker sulla banchina, che il treno in direzione di Walthamstow Central era in ritardo di dieci minuti per guasti alla linea. Le notizie flash ripresero a passare sui monitor.

Stuart sospirò e guardò l'orologio che portava al polso. 08:48 A.M. Probabilmente sarebbe arrivato con dieci minuti di ritardo, la tolleranza massima, consentita dal Ministero, era di quindici minuti. Estrasse dalla tasca interna del cappotto la lettera digitale di convocazione. La rilesse per avere conferma di quello che già sapeva: era la sua ultima occasione.

Finalmente il treno arrivò, prese posto vicino alla porta e accese il minitablet. Scorse rapidamente i romanzi che aveva in archivio e le prime pagine dei quotidiani. Aprì la cartella "Musica", staccò dal supporto posteriore gli auricolari di velluto sintetico e li mise alle orecchie. Spinse il tasto *Play* e cercò di distrarsi con le note di un vecchio brano dei Kasabian, *L.S.F.*, che lo riportò a una festa di quando lui aveva diciotto anni. Era a casa di Oakley, un suo compagno di scuola, e ascoltavano quel brano fumando erba e guardando le ragazze ballare. Cosa c'era di così importante in quella festa? Perché gli era tornata in mente in modo così lucido?

Lì, seduto, con il respiro affannato, lo pervase un improvviso senso di impazienza. Alzò la testa. Ebbe una visione nitida degli altri passeggeri: avevano tutti il capo chino, chi dormiva, chi leggeva sul proprio dispositivo minitablet.

Il treno della metropolitana tagliò tutta la città, da sud a nord-est. Stuart scese a King's Cross St. Pancras e procedette a passo svelto. Il cielo grigio aveva lasciato spazio a un timido sole che riscaldava debolmente le strade. La luce si rifletteva dai monitor colorati sulle facciate dei palazzi. Pubblicità di capi d'abbigliamento. Pubblicità di profumi naturali. Pubblicità di biancheria intima. Pubblicità di zuppe liofilizzate. Pubblicità di vacanze ai Caraibi. Pubblicità dell'Endream. "Una vita migliore per una società migliore".

Attraversò la strada e si trovò davanti a un edificio grigio e pesante. Sopra l'entrata principale era appeso lo stemma reale inglese e, sotto a esso, la dicitura, bianca su sfondo rosso: "Lo sviluppo equivale alla compensazione che equivale alla qualità".

L'enorme stanza al pianterreno era fredda. Una luce algida e sottile entrava dalle finestre riflettendosi sulle nichelature dei cyber-receptionist.

Stuart estrasse la lettera digitale dalla tasca interna del cappotto e scansionò il codice a barre sul lato della missiva nell'apposito terminale collocato davanti a una porta. Ci fu un *beep* delicato. Sul terminale comparve la scritta con il piano e il numero della stanza. La porta si aprì, scorrendo automaticamente verso destra. Stuart camminò lungo il corridoio dai muri verde chiaro. Incontrò poche persone, qualche ragazza truccata, con tacchi alti e minigonna, qualcuno della sua età, goffamente infagottato dentro a vestiti eleganti, agitati, spaesati: l'ultima possibilità anche per loro, probabilmente. Proseguì fino all'ascensore, dove scansionò nuovamente il codice a barre presente sulla lettera di convocazione per azionarlo.

Quando le porte si aprirono si trovò in un corridoio vuoto.

Sei, sette, otto, nove... *la mia ultima occasione,*

pensò, stringendo penosamente la lettera digitale in mano.

Entrò nella stanza dai muri bianchi, candidi, uguale alle altre che già aveva visto in passato. Nessuna finestra, né mobilio, se si escludevano un tavolo di cristallo, due poltroncine di pelle beige e un orologio con le lancette, senza i secondi, appeso tra le due porte che davano sull'anticamera del Sì e del No.

La stanza sembrava vuota.

Stuart si guardò intorno, poi sussultò. La candidata era seduta per terra, appoggiata al muro, di fianco all'entrata. Si teneva le ginocchia con le braccia. Indossava un lungo vestito di maglia nera da cui spuntavano solo le dita dei piedi, piccoli, quasi infantili. I capelli color petrolio le cadevano a frangetta sulla fronte e scomposti sulle spalle e lungo la schiena. Gli occhi a mandorla, orientali, lo contemplavano, un po' stupiti. Di fianco a lei, un paio di sandali di cuoio e una ampia borsa di rattan intrecciato.

— Ciao — disse Stuart, rimettendo la lettera digitale nella tasca interna del cappotto.

Lei non rispose.

3
Before

La giovane donna osservò attentamente Stuart. Il suo volto non faceva trasparire nessuna emozione. Volse lo sguardo verso l'orologio appeso alla parete, tra le porte d'entrata in anticamera. Anche Stuart guardò in quella direzione. *Poco meno di dieci minuti*, pensò.

La ragazza si alzò molto lentamente, percorse i pochi passi fino al tavolo di cristallo. Scostò la poltroncina di pelle beige per potersi sedere, raccolse di nuovo le gambe e se le strinse con le braccia in posizione embrionale:

— Siediti. — Aveva un timbro di voce stranamente caldo, in forte contrasto con il suo aspetto algido.

— Sì... sì, certo. — Stuart si accomodò, tenendo le mani nelle tasche del cappotto.

— Hai freddo?

— No. — Ma non si tolse il cappotto. Sentì gocce calde di sudore scorrere lungo la schiena.

Un silenzio ovattato si impossessò della stanza. Stuart si sentiva a disagio. Lei non faceva nulla per rendere le cose più facili.

— Mi dispiace per il ritardo, ma c'è stato un guasto in metropolitana.

La donna esibì un debole sorriso:

— Non c'è problema.

— Vengo da Brixton.

Lei non disse nulla.

Stuart la guardò con curiosità. La carnagione diafana, il taglio degli occhi a mandorla, il naso piccolo, una bocca dalle labbra chiare e sottili, il viso incorniciato da lunghe ciocche di capelli scuri come la notte, che le cadevano sulle spalle. Era molto più giovane di lui e questo aspetto lo disorientava: generalmente il programma abbinava persone coetanee, non solamente per una questione di preferenze di gusti e di possibili sinergie intellettuali ed emotive, ma anche perché i candidati più giovani riuscivano a piazzarsi prima di quelli come lui che gravitavano sulla soglia dei cinquant'anni.

Cinquant'anni... a Stuart vennero i brividi.

— Sei cinese? Giapponese?

— Mia madre era giapponese.

— Giappone? E di quale città?

La ragazza guardò Stuart con un'espressione che a lui parve crucciata e non rispose.

Di nuovo il silenzio, ovattato. L'imbarazzo.

Stuart prese a battere delicatamente l'unghia del pollice contro il polpastrello dell'indice della mano destra, ben nascosta nella tasca del cappotto:

— E tuo padre?

Lei sembrò destarsi da un sogno:

— Come?

— Tuo padre non è...

— Non era.

— Certo, non era giapponese?

— Irlandese. Sono cresciuta a Kincasslagh, nella contea di Donegal.

— E poi sei venuta a Londra.

Lei si strinse nelle spalle.

— Adesso sono qui — disse semplicemente.

Forse era al suo primo incontro nel *Programma*, pensò Stuart, ma se fosse stato così, perché abbinarla a lui che ormai era alla resa dei conti finale? E se non era una novizia perché, in ogni caso, avevano deciso per quell'incontro? Non era una bellezza mozzafiato, ma era una donna giovane e, a modo suo, affascinante. Probabilmente in lei c'era qualcosa che non andava. Da come rispondeva cripticamente e in modo allusivo alle sue domande, doveva essere così. A Stuart passò un brivido lungo la schiena: aveva a che fare con persone psichicamente instabili tutti i giorni, sarebbe stato un crudele e spietato scherzo quello di unirlo a una donna con turbe mentali.

Ci riprovò:

— Vivi da molto tempo a Londra?

— Dai tempi dell'università.

— Che facoltà hai frequentato?

— Metodologia delle Scienze Applicate.

— Interessante. Sei una sociologa o qualcosa del genere?

— No, non direi.

— Ti piace qui?

— Qui dove? Londra?

— No, questa stanza. Cercano di metterci a nostro agio ricreando un ambiente sterile. Lo so, è paradossale, ma è il modo migliore per non farsi condizionare dai fattori emotivi.

La ragazza lo osservò attentamente:

— Cosa sei, uno psicologo?

— Uno psichiatra.

— Lo immaginavo.

— Da cosa lo hai capito?

Lei non rispose, staccò una mano dal ginocchio e l'allungò sopra il tavolo, verso Stuart:

— Potrei vedere la tua lettera di convocazione, per favore?

— La mia lettera?

— Sì, quella che avevi in mano prima.

Stuart rimase titubante per qualche secondo, poi scrollò le spalle: in fondo cosa aveva da perdere? Estrasse la lettera digitale dalla tasca interna del cappotto e gliela allungò, tenendola in mano e coprendo la parte dove era scritto il suo nome: una delle regole del *Programma* era che i candidati non sapessero il nome uno dell'altra, nel caso l'incontro conoscitivo non fosse andato a buon fine, e per evitare inutili questioni legali o ritorsioni una volta usciti di lì.

Lei la lesse velocemente, e il suo sguardo cambiò d'improvviso. I suoi occhi si accesero, la sua bocca si schiuse. Era come se avesse scoperto qualcosa di sconvolgente.

Stuart rimase perplesso, le lettere di presentazione del Ministero della Programmazione erano missive standard uguali per tutti. Nome, cognome, indirizzo, data della convocazione:

— C'è qualche problema?

Lei non rispose.

Ritirò la mano che teneva salda la lettera digitale e la rimise in tasca:

— Qualcosa ti ha turbato?

— No. — Il debole sorriso, senza guardarlo. La posizione embrionale.

Intorno a loro il silenzio ovattato.

4
Before

Mancavano ormai pochi minuti allo scadere delle due ore. Si erano scambiati battute risicate, in un disagio sempre più grande. In alcuni momenti di silenzio troppo prolungato, sul tavolo di cristallo erano apparsi degli argomenti di discussione. Parole che scorrevano su uno schermo luminoso: alberi, Giappone, amore, animali, famiglia. Inutilmente.

Stuart non conosceva gli appigli per fare colpo su una donna, era privo di strategie di conquista. E con quella donna, poi. Tutto sembrava difficile con lei. Spossante.

Si chiese come venissero incrociati i dati se i risultati erano quelli. Due sconosciuti che rimanevano tali. *La colpa è mia*, pensò, Stuart. Non è facile trovare un soggetto adeguato per un uomo senza particolari interessi, geloso della propria privatezza, incapace di affezionarsi a uno sport, a un hobby, alla musica... la musica. Gli tornò in mente una cosa:

— Ti piacciono i Kasabian?

— Chi sono?

— Erano un gruppo musicale, attivo fino a qualche anno fa.

— Non lo so, non li ho mai sentiti. A te piacciono?

— Da ragazzo li ascoltavo, a volte...

D'improvviso lei si alzò e rimase lì, davanti al tavolo di cristallo, con le braccia conserte, il lungo vestito di maglia che le lasciava scoperta solo la punta delle dita dei piedi:

— Se ti chiedessi di prendere un treno o un aereo con me, adesso, lo faresti senza sapere la destinazione?

C'era un'unica risposta:

— Sì.

La donna non replicò. L'espressione sul suo volto non lasciò intravedere nulla. Andò a recuperare la borsa e i sandali e se li tenne in grembo.

Preceduta da un lieve ultrasuono la serratura delle porte che immettevano nell'anticamera scattò. Il tempo era scaduto. Ognuno si diresse verso il proprio uscio senza dire nulla. Stuart continuava a martoriarsi l'unghia dell'indice con quella del pollice, le mani pudicamente nascoste nelle tasche. Se fosse andata male avrebbe finalmente provato anche lui quello che i suoi tanti pazienti, con gli occhi sgranati e la bava alla bocca dall'eccitazione, gli raccontavano durante le sedute nel suo studio a Brixton. Principesse con i capelli d'oro, corali d'organo, musiche celestiali, cherubini in piume d'angelo, benevolenze assolute, universali e sconfinate ammirazioni verso se stessi, humus soffice come vagine vergini, parole elettriche di bellezza infinita... un mondo oltre al mondo risiedeva in quei sogni lisergici indotti dall'Endream. Sì, sarebbe stato obbligato ad assumerla anche lui, con la differenza, rispetto ai suoi pazienti, che non ci sarebbe stato nessuno a iniettargli l'antidoto per tornare nel mondo dei vivi, e dargli così la possibilità di fare un altro giro di giostra nell'immensità allucinogena.

5
Before

Stuart oltrepassò il vano della porta. L'antica-mera, uno stanzino glaciale dai muri bianchi, era illuminato da una luce al neon molto potente. Davanti a lui due porte. Sul pannello di quella di sinistra era stato affisso il cartello "Sì. Prosegui". Sul pannello di quella di destra il cartello recitava "No. Rinuncia". Entrambe le scritte erano tradotte in molte lingue: francese, italiano, spagnolo, portoghese, russo, giapponese, arabo, cinese, tedesco... Stuart rimase incantato da caratteri sconosciuti: bengalese, hindi... smise di farsi domande e senza esitazioni girò la maniglia della porta di sinistra. *Sì*, prosegui, *coraggio*. L'ultima possibilità. L'ultimo tentativo di costruirsi un futuro insieme a un'altra persona. L'ultimo sforzo per non soccombere al sonno finale.

Percorse il corridoio. Cinque metri di agitazione. Di un cupo presentimento di non avere più chances.

Giunse alla fine dello stretto passaggio e si trovò in una stanza senza pareti in muratura, ma con una vetrata che andava dal soffitto al pavimento che permetteva di ammirare, dall'alto, il panorama della nuova Londra. Palazzi d'acciaio, il picco dell'imponente torre della Banca Nazionale, i grandi magazzini di Camden Town, le case di Barnsbury, i prati verdi del Regent's Park.

La ragazza non c'era.

Stuart appoggiò la fronte alla vetrata. Era fresca. Provò un senso fisico quasi piacevole. Si concentrò su un cyber-scavenger che con il suo braccio ad aspirapolvere ripuliva il marciapiede della strada sottostante. I passanti schivavano lo spazzino meccanico e proseguivano per la propria strada. Erano tutti giovani. Erano il futuro. Quelli che credevano, loro malgrado, nella famiglia, che procreavano, che si mettevano al sicuro e, se anche non avessero fatto troppo affidamento sul corso politico e sociale che gli era stato imposto dai poteri globali, potevano sempre prendere l'antidoto, e farsi curare da quelli come lui. Da quelli come lui che sarebbero sopravvissuti.

Sentì un lieve rumore alle sue spalle. Ma non si voltò.

Passò qualche secondo e Stuart percepì la presenza di qualcuno di fianco a lui.

— Andiamo? — disse la ragazza.

Lui si girò dalla sua parte. Aveva sempre quello sguardo criptico, quasi neutro. Si era infilata i sandali e teneva la grossa e ingombrante borsa a tracolla.

In silenzio si diressero verso l'ascensore collocato in un'alcova alla sinistra della vetrata. Inserirono entrambi, nel terminale, la propria lettera digitale.

— Buona fortuna, cittadini — disse una voce metallica femminile che usciva da una piccola cassa amplificata sul soffitto. — E ricordate: lo sviluppo equivale alla compensazione che equivale alla qualità.

L'ascensore scese rapidamente fino al piano terra.

Camminarono uno di fianco all'altra tagliando la reception.

In strada la ragazza si incamminò verso il vicino posteggio dei taxi, e Stuart le rimase alle calcagna. Lei si fermò davanti all'unico automezzo parcheggiato e lo guardò per un po', come se dovesse valutare se acquistarlo oppure no.

— Saliamo? — disse Stuart.

— No. Su questo no. Aspettiamo.

Stuart non sapeva cosa dire. Era la prima volta che usciva dal Ministero della Programmazione con una donna. Non aveva idea di come comportarsi. Gli sembrava più semplice che fosse lei a prendere l'iniziativa.

Dopo dieci minuti di attesa salirono sul terzo taxi che si era fermato in sosta. Era una normalissima autovettura. Anche a questo, prima di decidersi a entrare nell'abitacolo, la ragazza aveva fatto un'accurata ispezione esterna.

Stuart avrebbe voluto chiederle il motivo, ma non osava.

Era settembre, la temperatura era mite e il cielo si era definitivamente aperto.

Con il cappotto Stuart aveva caldo.

— Alla Charing Cross Station — disse la ragazza all'autista.

Partirono in direzione sud.

6
Before

Il traffico su Chancery Lane era fluido. All'altezza del Palazzo della Corte di Giustizia, degli uomini in tute fluorescenti gialle, in fila, ammanettati l'un l'altro, stavano salendo su un pullman nero, con i vetri oscurati, scortati da un manipolo di poliziotti in divisa antisommossa, armati.

— Li hanno condannati e li portano senz'altro nell'Essex, a Brightlingsea, in quel nuovo carcere di massima sicurezza — disse l'autista, un trentenne grassoccio dalla pelle scura, osservando fugacemente Stuart e la ragazza attraverso lo specchietto retrovisore. — Devono avere a che fare con l'antidoto. Quando li fanno sfilare così, in pubblico, si tratta di quello. Un mio amico giornalista mi ha detto che la pena è un'Endream negativa. Una pillola che ti fa fare brutti viaggi. — Il tassista rise e sorpassò una berlina argentata. — Non deve essere molto affollato quel carcere, più che altro si tratta di un cimitero con i muri invalicabili. Ma a me mica mi frega. Io ho seguito il *Programma*: mia moglie l'ho trovata al primo tentativo. Abbiamo un figlio, Karim. Ha sette anni.

Stuart e la ragazza rimasero in silenzio. Entrambi guardavano la città che scorreva veloce fuori dal finestrino, sul proprio lato.

— Voi venite da lì, vero? Dal Ministero, voglio dire.

Stuart assentì muovendo leggermente il capo. La ragazza pareva non aver fatto attenzione alla domanda del tassista.

— Lo avevo capito. Beh, vi faccio i miei migliori auguri. Ecco, siamo arrivati.

Scesero dal taxi di fronte all'entrata della Charing Cross Station. La ragazza lasciò a Stuart l'onere di pagare l'autista e attraversò la strada a passo veloce. Quando Stuart si risollevò dal finestrino con il resto dei soldi la vide che scompariva all'interno dell'androne centrale. La raggiunse. La trovò davanti a una delle biglietterie automatiche, sulla quale il display del monitor informava sulle partenze.

— Ce n'è uno per Parigi, facciamo ancora in tempo. In cinquanta minuti siamo là. Sei mai stata a Parigi? La Tour Eiffel, Montmartre, il Quartiere Latino? — mentre lo domandava Stuart si sentiva uno stupido.

— Non mi interessa Parigi. Prendiamo questo. — La ragazza indicò con un dito una delle righe sul monitor.

— Hastings? Ma ci si arriva con un treno locale della Southeastern... roba preistorica, saranno due ore di viaggio, ci mettiamo meno tempo ad andare a Parigi ed è... più bella. Cosa andiamo a farci a Hastings?

— Una passeggiata — disse lei semplicemente.

Stuart si strinse nelle spalle:

— Vada per la passeggiata.

Le dita della ragazza si mossero svelte e sicure sul touchscreen della biglietteria. Estrasse dalla borsa la sua lettera digitale e scansionò il codice a barre sul monitor. La giornata era pagata dal Ministero. Tutte le attività che avrebbero svolto nelle restanti quarantotto ore erano loro offerte. Un regalo per costruire solide fondamenta nell'edificazione della famiglia felice. Mentre osservava i due cartoncini plastificati uscire dalla fessura dell'emissione biglietti, Stuart si sentì preso in giro: il tassista lo aveva fatto pagare, anche se sapeva da dove arrivavano. Era una cosa senza importanza, lo sapeva, ma per qualche istante venne pervaso da una rabbia impalpabile.

Camminarono una di fianco all'altro verso il binario nove, da dove sarebbe partito il locale per Hastings. Dagli speaker posizionati sui soffitti della galleria provenivano le note di qualche sinfonia new age. Dai chioschi allineati sui lati interni della stazione fuoriusciva l'aroma di patate e di pancetta fritta. Seduti ai tavolini esterni del bar nutrizionista uomini in giacche di lino e donne dai vestiti leggeri sorseggiavano succhi all'algarve e yogurt fermentati alla quinoa.

Raggiunsero la banchina e salirono sul treno, un vecchio convoglio dalle porte giallo sbiadito e le fiancate bianche, sporche di smog e fango secco.

L'interno puzzava di moquette bagnata, ammuffita. Si sedettero in un angolo, una di fronte all'altro, in uno scompartimento vuoto. Stuart guardò, attraverso il finestrino reso opaco dalla polvere accumulata, un ragazzo vestito di pelle e i capelli raccolti sopra la testa in una cresta rosso fuoco sbraitare verso il piccolo smartphone che teneva in mano. Non riusciva a sentire cosa stesse dicendo. Gli ricordò una pantomima antica, qualcosa che aveva visto una volta alla televisione, un documentario sul teatro delle avanguardie degli anni Settanta del secolo precedente.

— Tra poco partiamo — disse lei, sorridendo timidamente.

Stuart la guardò. Si sentiva strano. Incapace di provare ad adattarsi a quella nuova ed estranea sensazione di non svolgere quello che faceva tutti i giorni: scendere le scale fino alla cucina, prepararsi un caffè, leggere le notizie sul minitablet, recarsi nello studio, dall'altra parte dell'abitazione, fare la spesa al market all'angolo della strada, cucinare, mangiare, defecare, lavarsi, aspettare il sonno a letto. Tutto rigorosamente da solo. Senza complicazioni, se non l'età che avanzava e la prospettiva dell'Endream dietro l'angolo.

— Possiamo azzardare, ora — disse.

— A fare che cosa?

— I nomi. Non siamo più obbligati a mantenere l'anonimato, possiamo fare le presentazioni, in fondo stiamo andando al mare insieme.

La ragazza continuava a sorridere, gli occhi

strizzati, una ciocca ribelle che le scendeva lungo la guancia:

— Preferirei di no. Non è così importante, non ancora. C'è tempo e non sappiamo cosa succederà.

Stuart non seppe cosa ribattere.

— Sono una pittrice — confessò lei. Lo disse in modo atonale, criptico.

— E chi ti piace? A chi ti ispiri?

— Jan Vermeer.

— Perché ti piace?

La ragazza guardò fuori dal finestrino e si scostò la ciocca di capelli dal viso:

— Vermeer era misterioso, le sue tele lo sono. Nei suoi quadri si è sempre limitato agli aspetti più trattabili della realtà. Rappresentava esseri umani, tutti lo conoscono per quel celebre quadro, *La ragazza con l'orecchino di perla*, ma fu sempre un pittore di nature morte. Fu il più grande, in questo senso: il più grande pittore di nature morte umane. Lo trovo molto rappresentativo dei giorni nostri, seppur lui sia vissuto nell'Olanda del diciassettesimo secolo.

— Mi piacerebbe vedere i tuoi quadri.

La ragazza tornò a osservarlo con quella sua espressione impassibile:

— Li vedrai.

Il convoglio, cigolando, si mosse lentamente. Uscì dalla stazione, scese nella galleria sotterranea e sbucò in superficie a Kings Cross, a poche centinaia di metri dal Ministero della Programmazione, dove si erano conosciuti poche ore prima. Proseguì la sua corsa verso est, attraversando Stratford, con le file ininterrotte di Virtual Reality Rooms, dove banali impiegati della City e segretarie stressate dell'amministrazione pubblica cercavano una distrazione appagante dalla routine quotidiana infilandosi un visore, degli auricolari, dei *wired gloves* e una cybertuta, strumenti necessari per poter vivere un'esperienza simulata paragonabile a un orgasmo. Poi, dopo aver attraversato il fiume si diresse a sud e si immerse nella quieta, pacifica, immutabile campagna inglese. Solo campi, staccionate, mucche, fattorie isolate.

— Io mi chiamo Stuart. — Lo disse all'altezza del sobborgo di Lenham Heath, stanco del silenzio.

La ragazza lo guardò imbarazzata. *Forse si sente in colpa*, pensò lui. Attese di sapere come si chiamasse, anche lei doveva essere un po' stanca di quel gioco, esausta, pronta a darla vinta agli altri, a quelli che li avrebbero cancellati dalla lista dei potenziali prossimi consumatori dell'Endream. Si levò le scarpe, mise i piedi sul seggiolino e si strinse le ginocchia con le braccia conserte:

— Piacere Stuart. — Poi tornò a osservare il panorama in mille tonalità di verde acido.

7
Before

Ad Hastings l'aria era pulita e il cielo dipinto di blu ceruleo. Un lieve e piacevole aroma di acqua marina si mischiava all'afrore del pesce esposto sui bancali del mercato ubicato davanti alla stazione.

Stuart e la ragazza camminarono in direzione del porto.

Per la strada pochi passanti.

La cittadina sembrava immutabile ai cambiamenti. Non c'erano pannelli pubblicitari che reclamizzavano l'Endream. Tutte le attività più umili, compresa quella degli spazzini, veniva ancora svolta, diversamente da Londra, da operatori in carne e ossa e non da cyber-uomini.

Per la prima volta da quando si erano conosciuti, Stuart vide comparire sul volto della ragazza un'inedita espressione di beatitudine. Fu stupito quando si voltò verso di lui per chiedergli, con molta naturalezza:

— Parlami di te.

— Non c'è molto da raccontare, in realtà. Sono nato a Londra e ho vissuto con i miei genitori fino a quando mi sono iscritto all'università. Ho studiato psichiatria e mi sono specializzato in una casa di cura per tossicodipendenti a Clapham, dove ho lavorato fino a una decina di anni fa. Poi ho aperto il mio studio privato. Ho una casa a due piani a Brixton. Al piano di sopra c'è il mio appartamento, al piano terra lo studio. Non ho nessuno... mio padre e mia madre sono morti molti anni fa, non sono mai stato sposato, niente amici. Non faccio sport, non amo una particolare cucina... lavoro e dormo. Dormo e lavoro... non sono il migliore partito, vero? — Stuart abbozzò un sorriso, le mani nascoste nelle tasche del cappotto.

— E ne hai molti in cura di quelli?

— Quelli chi?

— Quelli che hanno la possibilità economica di tornare dai sogni.

— È grazie a loro che posso permettermi un certo agio. Anche se spesso mi chiedo a cosa mi servano i soldi che ho se non so come utilizzarli. Quello che gli devasta la psiche, ai miei assistiti, non è solamente la disperazione di non reggere la realtà dopo aver assunto l'Endream, ma anche la necessità di fidarsi di qualcuno. L'antidoto è una questione di fiducia, come forse sai devi avere qualcuno che te lo inietti... i miei pazienti vivono di sospetti, confabulano deliranti delazioni nei confronti dei propri cari, progettano omicidi, reprimono odio verso mogli, mariti, figli, amanti...

— Tu l'hai mai provata?

— No.

— E perché? I soldi per l'antidoto li avresti. Sei contrario?

— Semplicemente non conosco nessuno di cui io possa fidarmi, e non sono sicuro che non cadrei anche io in uno stato di dipendenza... vedo i suoi effetti tutti i giorni.

— Quindi giustifichi l'Endream?

— Credo che quando l'hanno messa sul mercato lo scopo fosse quello di far cessare ogni rivendicazione di lotta di classe, di qualsiasi tipo. Far diventare la classe media l'unica classe esistente. Questo lo si può ottenere solo attraverso un controllo delle nascite e dei decessi. C'era un problema di sovrappopolazione. Una soluzione andava trovata.

Lei scosse impercettibilmente il capo:

— Ci ha tolto la vita prima ancora di assumerla.

— È il progresso. Si sono ridotte le malattie terminali. Da qualche anno c'è di nuovo una ricrescita delle materie prime. Gli animali, quelli non ancora estinti o chiusi negli zoo, stanno tornando a ripopolare vaste aree terrestri. Le megalopoli stanno riducendo la propria popolazione rendendo l'esistenza più piacevole per milioni di persone.

— Ma siamo tutti costretti a seguire il *Programma*, a procreare, a costruirci una famiglia. Diversamente, a meno che non siamo ricchi e non possiamo permetterci l'antidoto, siamo destinati ad assumere l'Endream e farci il viaggio eterno. Non è più contemplata la libertà sessuale... uomini con uomini, donne con donne...

— È il progresso... — ripeté Stuart, goffamente. Non l'aveva ancora sentita parlare così tanto, accalorarsi per una qualche idea in cui credeva. L'eccitazione la rendeva più bella. Più vera. Più umana.

— Il progresso ci sta facendo rinunciare allo stupore, alla meraviglia, al colpo di scena. — Si fermò e lo guardò intensamente negli occhi. — Non posso credere che a te, un dottore, un uomo che ha a che fare ogni giorno con la psiche martoriata, possa piacere tutto questo.

Stuart sospirò e distolse lo sguardo. Quegli occhi intensi che lo scrutavano lo avevano messo in imbarazzo. Sentiva il bisogno di difendere una posizione che, in fondo, disprezzava lui stesso. Non aveva senso. Niente ne aveva. Era uscito per la prima volta dal Ministero della Programmazione con una donna. C'era di che rallegrarsi.

Estrasse il minitablet da una delle tasche del cappotto. Allungò la mano verso la ragazza e le mise delicatamente gli auricolari alle orecchie. Sfiorare la morbidezza dei suoi capelli gli produsse un lieve formicolio sulla pelle.

— Ti ho parlato dei Kasabian, prima, al Ministero. Non che mi piacciano particolarmente, è musica. Questa mattina, mentre venivo all'incontro, ascoltarli mi ha fatto tornare in mente una festa a cui ho partecipato quando ero ragazzo. Mi sono chiesto perché la mia mente abbia registrato proprio quel momento. Si tratta di una stupida festicciola di studenti... mentre tu parlavi credo di aver trovato la risposta: in quei tempi la meraviglia era ancora contemplata nella vita di tutti, e il colpo di scena non era indotto da qualche *Programma*. — Stuart si interruppe.

Lei non disse nulla.

Lui toccò il tasto *Play* sullo schermo tattile.

La ragazza ascoltò in silenzio tutta la canzone.

Si guardarono negli occhi.

Lei gli ridiede gli auricolari.

— Capisco cosa vuoi dirmi. E ora so che anche a te il *Programma* non piace — disse, incamminandosi verso la spiaggia.

8
Before

Si fermarono davanti a una vecchia dimora signorile tra campi e macchie di foresta, sulla riva del mare.

— Alosa Fallax Restaurant — disse Stuart, leggendo la scritta dell'insegna collocata sul tetto del caseggiato. — Hai fame?

— Sì.

Entrarono. Il ristorante era spazioso, cupo e pacifico. La vasta stanza, dove vennero fatti accomodare da un cameriere magro dai capelli grigi, sfoggiava alle pareti quadri vittoriani che rappresentavano scene di caccia.

Ordinarono entrambi pasticcio di carne con purè, anguilla in gelatina servita con aceto piccante, e birra scura.

Mangiarono in silenzio, nella sala vuota.

Il cibo era nutriente. La birra dissetante.

— Era molto tempo che non mangiavo in un ristorante — disse Stuart, pulendosi la bocca alla fine del pasto. Ogni tanto andavo in un locale di cucina caraibica dietro casa, ma da quando è stato incendiato...

— Incendiato?

— Ti ricordi la rivolta di Brixton di dieci anni fa? Una molotov finì all'interno dello stabile. Non so che fine abbiano fatto i proprietari. Io comunque ho preso l'abitudine di fare la spesa e di prepararmi qualcosa in casa. A te piace cucinare?

— Non molto, ma mi arrangio.

Stuart si scusò e andò in cerca del bagno. Entrò in una stanza dalle ampie vetrate dove un uomo, intabarrato dentro una cybertuta di stagnola, era disteso su una chaise longue di velluto rosso. Il volto era coperto da un grande visore e alle orecchie erano applicate enormi cuffie sonore. Muoveva la faccia a destra e sinistra. Le braccia erano sollevate in aria e le mani si aprivano e chiudevano eteree, ricoperte da *wired gloves* argentati.

Stuart guardava le dita racchiuse in quei guanti, dita spasmodiche in cerca di input felici. L'uomo ridacchiava, gli schermi vicini agli occhi annullavano il mondo reale dalla sua visuale.

— Desidera qualcosa, signore?

Stuart sussultò. Voltandosi si trovò faccia a faccia con il cameriere dai capelli grigi. Aveva un'espressione mortificata.

— Cercavo il bagno.

— Di là, a sinistra. — Poi guardò l'uomo disteso sulla chaise longue. — È il proprietario. Se viene disturbato se la prenderà con me.

Stuart si allontanò. Trovò il bagno, si lavò le mani e la faccia, pensando che il bisogno delle

Virtual Reality Rooms era arrivato anche lì, dove tutto sembrava immutabile e distante anni luce dall'atmosfera glaciale e avanzata di Londra.

Quando tornò al tavolo fece un cenno alla ragazza che si alzò e lo raggiunse alla cassa dove aspettava, paziente, il solito cameriere.

Pagarono con la lettera digitale di Stuart per la convocazione al Ministero della Programmazione e uscirono.

Fuori il sole era tiepido.

Camminarono lungo la spiaggia. Ascoltarono il rumore soffuso delle onde basse.

La ragazza prese la mano di Stuart.

Intorno a loro si sentivano suoni dai quali erano stati tagliati fuori dalla vita cacofonica della grande città. Un cane che abbaiava da una fattoria, un'allodola su un campo dietro il ristorante, una porta sul retro che sbatteva, ragazzini che strillavano sulla costa e il mare che mormorava.

— Si sta bene qui — disse la ragazza, sorridendo in direzione delle onde basse che si infrangevano sulla spiaggia.

— Vuoi che cerchiamo un albergo per la notte?

Lei sembrò pensarci su qualche secondo, poi, scostandosi la ciocca ribelle che le cadeva sulla guancia disse, quasi mormorando:

— No. Torniamo a Londra.

Dalla stazione di Hastings questa volta presero un treno veloce che li riportò nella capitale in quindici minuti.

Arrivarono alla Charing Cross Station nel momento di punta del traffico post lavorativo.

La prima cosa che Stuart vide, uscendo in strada, fu la pubblicità dell'Endream sulla facciata di un imponente palazzo di vetro. Una vita migliore per una società migliore.

Questa volta fu lui a prenderle la mano. Aveva una pelle calda e morbida. Tranquillizzante.

Si diressero a nord, alla ricerca di un taxi.

9
Before

La ragazza scelse il terzo taxi. Per motivi che a Stuart rimanevano sconosciuti i primi due tra quelli parcheggiati non andavano bene. Anche questa volta salirono su una macchina della Nine-Taxi. *Forse le piace la compagnia*, pensò Stuart, stranito.

Il tassista, un antillano dalla carnagione scura, le aprì la portiera, in attesa di istruzioni.

— Hotel Curzon, per favore — disse la ragazza, entrando nell'abitacolo.

Costeggiarono il fiume, in direzione della City, fino all'altezza del Millennium Bridge, poi percorsero Queen Victoria Street e si fermarono davanti all'altissimo palazzo che ospitava l'albergo, nel cuore del quartiere finanziario, a quell'ora del crepuscolo quasi deserto.

Il taxi parcheggiò sul ciglio della strada. La ragazza pagò l'autista e attraversarono il cortile ghiaioso fiancheggiato da file di paulonie alte quindici metri dove boccioli color marrone chiaro ne ornavano le estremità.

Entrarono nella spaziosa hall circondata da

numerose seggiole in legno di rovere con lo schienale rotondo. L'alto soffitto era stato affrescato con la riproduzione di un màndala tibetano dalle accese tinte arancioni e rosse.

— La suite all'ultimo piano con la vista panoramica è libera? — chiese decisa la ragazza al cyber-receptionist.

— Sì, signora — rispose la voce metallica. Il robot umanoide allungò il braccio destro dotato, alla sua estremità, di un tablet dove compariva il riquadro su cui appoggiare la carta di credito per essere scansionata.

La ragazza vi soprappose la lettera digitale del Ministero della Programmazione.

— Grazie signora. — Il cyber-receptionist si voltò e prese dalla scaffalatura alle sue spalle un badge magnetico bianco con al centro il numero nove colorato di rosso corallo.

— Il Ministero della Programmazione vi offre due notti da passare nel nostro hotel. Per qualsiasi cosa potete usare il telefono che avete in camera. Avete bisogno che faccia chiamare qualcuno per accompagnarvi?

— No, grazie, conosco la strada. — La ragazza prese il badge dalla mano meccanica del robot umanoide e percorse, seguita da Stuart, la vasta hall fino all'ascensore. Quando entrarono nella cabina lui disse:

— Sembra che tu conosca bene questo hotel.

— Sì, lo conosco. I quadri che ci sono in molte stanze li ho realizzati io.

— Anche nella nostra?

— No, nella nostra no.

Si aprirono le porte. Alla fine di un lungo corridoio dai muri dipinti nelle stesse tonalità elettriche e mistiche dell'affresco sul soffitto della hall, si trovava la suite. La ragazza passò il badge magnetico nell'apposita fessura e la porta si aprì.

Le finestre, grandi come una parete, davano sulla City e il Tamigi. Riflessi crepuscolari coloravano di ocra il gigantesco letto, le poltrone, i cactus nei vasi, i muri candidi, l'armadio di tek.

Lampi sporadici elettrificavano il cielo.

Stuart osservò la bianca maestosità del palazzo di fronte, un blocco quadrato che conteneva decine di uffici. In basso le boutique si susseguivano, una miscelanea di lusso, lustrini e paillettes. Intorno i grattacieli della passata modernità: la Tower 42, la Broadgate Tower, il City Point, il Willis Building e il Gherkin, il cetriolo di vetro.

Un vascello turistico guidato probabilmente da qualche cyber-helmsman, stava passando sotto il London Bridge.

Stuart pensò che era tanto che non si soffermava sulla tranquillità che trasmetteva l'acqua. Il riverbero di fuoco che dalla superficie del Tamigi si propagava su tutto il panorama circostante gli diede un appagante senso di benessere.

— È bello qui — disse, voltandosi verso la ragazza.

— Mi chiamo Naoi — disse lei, facendosi cadere il vestito ai piedi.

Sotto, era nuda. E Stuart vide la sua pelle tingersi della stessa ammaliante e seducente pienezza delle gradazioni dell'imbrunire.

10
Before

Si fecero portare una bottiglia di champagne Louis Roederer e della quiche lorraine ripiena di gamberi sminuzzati. La cameriera che si presentò alla porta con il vassoio che trasportava il secchiello contenente la bottiglia ghiacciata, due calici di cristallo, una ciotola di pane di mais caldo, la torta salata, posate e tovaglioli, era in carne e ossa. Era giovane, bionda ossigenata, truccata vistosamente e calzava scarpe con il tacco molto alto.

Quando questa se ne andò dopo aver fatto un lieve inchino, Naoi rivelò a Stuart che le cameriere, in quell'hotel, le sceglievano belle e sensuali perché pagando un sovrapprezzo era possibile trasformarle in concubine per una, due ore. Le ragazze erano disponibili anche per giochi a tre e per pratiche sadomaso.

— Un modo per prendersi una licenza dal percorso obbligato di famiglia ligia al dovere, come vedi, c'è — concluse, iniziando a versare lo champagne nei calici di cristallo.

Stuart si domandò come faceva a essere così sicura di quello che a lui sembrava un semplice pettegolezzo. Poi si ricordò che l'albergo le aveva acquistato dei quadri e che lei lì c'era già stata. Forse l'allusione al gioco a tre era per fargli capire che a lei sarebbe piaciuto, o che in passato lei aveva praticato simultaneamente con più partner. Realizzò che non sapeva ancora niente di Naoi, nonostante l'avesse appena posseduta.

— Non mi hai ancora parlato di te — disse.

Lei lo guardò con un sorriso timido e gli porse un calice:

— Salute.

— Salute.

Erano entrambi avvolti negli accappatoi bianchi dell'albergo, Stuart sdraiato, Naoi con le braccia a stringersi le gambe, nella sua solita posizione embrionale.

— Cosa vuoi sapere? — domandò, infine, la ragazza, senza guardarlo negli occhi.

— Quello che ti senti di dirmi.

— Quello di oggi era il mio nono e ultimo appuntamento al Ministero.

— Non sei un po' giovane per essere già al tuo ultimo incontro?

Naoi si strinse nelle spalle:

— Forse.

Stuart bevve d'un fiato il suo calice di champagne.

— Non volevo offenderti. È la prima volta che esco con il mio partner dall'incontro. Negli appuntamenti precedenti ho sempre imboccato la porta del No. Non mi interessavano. Non ci trovavo un senso.

— E io?

— Tu sei diverso, credo. Non insisti. Sopravvivi nel silenzio, come me. E non ti ho scelto perché eri l'ultima possibilità. Io non ho paura dell'Endream. Questa mattina quando mi sono alzata ero consapevole che se mi fossi trovata davanti una persona non interessante per me sarebbe finita... non voglio forzare il destino.

— Anche per me, oggi, era l'ultima possibilità e...

— E?

— Mi attrai. — Stuart si sentì meglio dopo averlo detto.

Naoi lo osservò con quel suo sguardo criptico, gli versò un altro calice di champagne e posò la bottiglia sul comodino al suo fianco:

— L'Endream ha completamente stravolto i rapporti umani. È un mondo che non ci vuole più liberi e pensanti. Odio quella pillola, la odio perché sono curiosa dei suoi effetti. Come tutti, credo.

— Chi rimane ha più possibilità, più agi.

— Chi rimane è un morto che parla.

Rimasero in silenzio nella stanza illuminata solamente dalle luci esterne.

— Devo confessarti una cosa — disse Naoi.

— Ti ascolto.

— Sono una persona difficile e ossessionata.

— Ossessionata?

— Sì, c'è qualcosa che mi ossessiona da quando ero piccola, che influisce sulla mia vita e con cui devo convivere.

— Hai voglia di parlarmene?

— Se rimani con me lo capirai.

Stuart la guardò. Allungò una mano e le accarezzò i morbidi capelli corvini:

— Non c'è problema. Io so aspettare.

Poi, un attimo dopo, senza che nemmeno si capisse di chi fosse stata la prima mossa, si ritrovarono uno nelle braccia dell'altra. La sensazione di Stuart era di pura e semplice incredulità, come lo era stata qualche ora prima, quando avevano fatto l'amore per la prima volta. Quel corpo giovane e tonico stretto contro il suo, la massa dei suoi capelli neri sul viso.

Naoi gli strinse le braccia al collo e Stuart le salì sopra. Osservò le sue labbra socchiuse e quegli occhi a mandorla spalancati su di lui. La penetrò con vigore, senza che lei opponesse nessuna resistenza. Stuart si rendeva conto, mentre si muoveva, che oltre al contatto fisico, sentiva in sé perplessità e orgoglio. Provava desiderio, ma non avrebbe associato a questo la parola "felicità". Forse era troppo presto o forse, più probabilmente, era troppo abituato a stare solo, senza una donna.

C'era come un senso perenne di morte incombente in quell'esistenza a cui ogni essere umano era condannato dall'avvento dell'Endream. Attraverso quella sensualità disperata si poteva avere l'illusione che l'incubo sarebbe finito.

Finché fosse rimasto in quella stanza, con

quella donna, pensò Stuart, non gli sarebbe successo nulla di male. Nessun pericolo.

— Ti amo — sussurrò Naoi, un'espressione quasi fanciullesca stampata sul viso.

— Ti amo — replicò Stuart, dopo qualche istante di esitazione, abbastanza per far incupire lo sguardo della ragazza e farle sgorgare un'unica lacrima all'angolo dell'occhio destro.

11
Before

Stuart si svegliò con l'impressione di aver dormito poche ore, però dando un'occhiata al suo orologio digitale da polso si accorse che era passato da poco mezzogiorno. Il sole alto entrava dalle vetrate.

Era nudo. Spossato, ma totalmente pacificato.

Naoi era sdraiata accanto a lui. Dormiva su un fianco, dandogli le spalle. Era scoperta e rimase a contemplare la sua schiena dalla spina dorsale perfetta e i capelli scomposti sul cuscino. Si avvicinò a lei per abbracciarla e si accorse di qualcosa di strano: sul comodino dalla parte di lei c'erano un piccolo timer e un biglietto.

Stuart prese tra le mani l'oggetto. Sul piccolo timer metallico risaltava la E maiuscola, il logo dell'Endream, nell'angolo alto del display. Un conto alla rovescia. Mancavano otto ore, cinquantatré minuti e dodici secondi. Undici. Dieci. Nove...

Afferrò il biglietto, un cartoncino di carta di riso. Naoi aveva una scrittura fine, dai caratteri stretti:

"Se hai capito un po' di me, saprai come salvarmi".

12
Now

Il neon intermittente continuava a illuminare, in modo sincopato, i muri invasi dalle muffe verdastre.

Stuart osservò l'uomo steso davanti a lui, sull'altro lettino odontoiatrico. Le braccia pendevano ai lati del corpo, immobili.

— Chi sei? Mi senti?

Silenzio.

— Dove siamo?

Cercò di sollevarsi, ma la spessa corda di nylon che gli legava braccia e gambe gli impediva i movimenti.

Da quanto tempo era in quel posto?

Guardò il timer che teneva in mano: tre ore, quattro minuti e diciannove secondi. Diciotto. Diciassette. Sedici...

Naoi... doveva tornare da lei.

Aiutarla.

Sentì un rumore alla maniglia, il chiavistello si aprì ed entrarono due uomini. Entrambi giovani, pallidi, con i capelli tagliati a spazzola. T-shirt nere fasciavano i loro petti che sembravano scolpiti nel marmo. Avevano le braccia tatuate.

— Liberatemi, presto! Devo andarmene!

I due lo ignorarono e si posizionarono su entrambi i lati dello sconosciuto privo di sensi sdraiato sul lettino davanti a Stuart.

— Questo va gettato nel Lea — disse quello a sinistra, poi si voltò. — Era ora che ti svegliassi. La fronte ti fa male? — L'uomo aveva un volto grasso che gli conferiva un aspetto vacuo. La testa gli ciondolava mentre parlava.

— Da quanto tempo sono qui? Cosa mi avete fatto?

— Un semplice controllo di routine, signor Arma letale — disse l'uomo, enfatizzando le ultime parole.

— Senta, io non so di cosa lei stia...

— Sta zitto. Adesso ti sleghiamo e vieni con noi. Lui ti sta aspettando.

— Lui chi?

L'uomo non gli rispose. Si avvicinò a Stuart, insieme al compagno, e sganciarono le spesse corde di nylon.

— Devo andare da Naoi, per favore...

— Tutti dobbiamo andare da qualche parte. Non lamentarti, se non vuoi finire come quello.

Stuart gettò un'occhiata alle braccia che cadevano inermi dal lettino odontoiatrico. Non disse più nulla. In preda all'angoscia aspettò istruzioni dai due energumeni.

13
Before

Stuart, smarrito, continuava a rigirarsi il biglietto e il timer tra le mani. Guardò ancora una volta Naoi, dormiva profondamente. Sul volto un'espressione serena. Respirava regolarmente. Si stava immolando. Per chi? Per che cosa?

Meno di otto ore alla morte. Naoi aveva ingoiato l'Endream verso le nove del mattino, mentre lui dormiva il sonno dei giusti, sazio e appagato, da quella notte d'amore durante la quale aveva potuto entrare nel corpo di un'altra persona e provarne sollievo e sicurezza.

"Se hai capito un po' di me, saprai come salvarmi".

Già, cosa aveva capito?

Lasciò cadere il bigliettino sulle lenzuola e prese a fissare il timer, come ipnotizzato. Conosceva bene quel piccolo marchingegno. Veniva dato in dotazione insieme alla pillola, era prescritto per legge. I suoi pazienti gli avevano rivelato, durante le sedute, che supplicavano le persone che avrebbero dovuto iniettar loro l'antidoto di aspettare fino all'ultimo secondo, per permettere di viaggiare fuori dal mondo fino ai confini del gran finale, quando tutto era luce, bellezza, meraviglia suprema.

Ripensò a quell'ultima giornata. L'incontro nella stanza del Ministero della Programmazione. I lunghi silenzi. La pittura di Vermeer. Quella vecchia canzone dei Kasabian che lei non conosceva. La passeggiata, mano nella mano, sulla spiaggia, ad Hastings, lontani dai rumori e dall'ansia della grande metropoli. Il suo corpo nudo, perfetto, con il vestito a terra. "Mi chiamo Naoi".

E l'Endream, che toglieva la vita alle persone ancora prima di assumerla, perché tutto pianificava. Sì, tutto era già stato scritto, secondo le leggi di chi comandava. Di chi voleva avere ogni cosa in pugno.

Stuart si alzò di scatto dal letto. Accecato dalla rabbia diede un pugno al muro. Guardò, come in trance, le sue nocche doloranti e arrossate.

Poi vide l'ingombrante borsa di rattan di Naoi su una delle poltroncine della suite. Tagliò la stanza quasi di corsa, la aprì e prese a rovistare al suo interno in cerca di qualche indizio.

Estrasse la lettera digitale per recarsi all'appuntamento al Ministero, un'antologia di haiku che comprendeva autori che andavano dal quindicesimo al ventunesimo secolo, un portafoglio madreperlaceo contenente soltanto il passaporto magnetizzato e una carta di credito, un mazzo di chiavi e un badge, una vecchia agendina cartacea, di quelle che non si usavano più da molto tempo e, in fondo, pesante al tatto, uno scrigno d'argento dalle dimensioni ridotte, finemente ricamato con elementi calligrafici, simili ad arabeschi, incisi sulla superficie. Una striscia di vetro acquamarina sul cofanetto permetteva di vedere all'interno: su un letto di tessuto vermiglio erano collocate una piccolissima siringa e una fiala trasparente piena di liquido azzurrognolo. Stuart sapeva di cosa si trattava: l'antidoto dell'Endream.

Lo scrigno era chiuso, di lato, con una combinazione numerica a quattro cilindri. La serratura era compatta, solida, a prova di scasso. Tentò una combinazione qualsiasi, con le mani che gli tremavano leggermente, e sotto i cilindri si accese un minuscolo bollino rosso.

Stuart avvicinò lo scrigno al volto e lo esaminò con attenzione: i bollini erano tre, allineati. Gli rimanevano due tentativi.

Sudato e confuso appoggiò il bauletto sul comodino.

Prese a camminare avanti e indietro per la stanza.

Dietro la vita di quella donna c'era anche il suo futuro. Lei era la sua unica speranza di non diventare un esubero.

Ma c'era dell'altro, lo stava intuendo con sempre maggiore chiarezza. Finalmente nella sua esistenza, ai limiti dell'anedonia, qualcosa aveva importanza e lo emozionava, anche se ora, con Naoi lì, priva di sensi, catapultata dentro quel sonno profondo indotto dall'Endream, le emozioni erano negative.

Paura e ansia.

Paura e ansia di rimanere da solo.

Si risedette sul letto, vicino a Naoi.

Rifletté, di nuovo, su quello che avrebbe dovuto fare. Riprese in mano il biglietto: "Se hai capito un po' di me, saprai come salvarmi".

Stuart si mise le mani nei capelli e si massaggiò lentamente la cute.

Il sobbalzo fu improvviso. L'intuizione, o più semplicemente l'unico passaggio logico, aveva trovato spazio nella sua mente confusa.

Prese in mano la vecchia agendina e si mise a sfogliarla velocemente. Era praticamente vuota, se si escludeva, oltre all'appuntamento del giorno precedente al Ministero della Programmazione, l'acronimo "R.P." contrassegnato ogni venerdì alle ore tredici.

Naoi non sembrava avere altri impegni.

Stuart pensò che era venerdì, e verificando sul suo orologio digitale ebbe la conferma che chiunque fosse R.P. non avrebbe incontrato Naoi: mancavano venti minuti alle tredici, e lui era lontanissimo dal trovare una soluzione per aprire lo scrigno e iniettarle l'antidoto che avrebbe potuto farla tornare cosciente.

O forse R.P. è un farmaco, si disse, che il dottore le aveva prescritto di assumere una volta alla settimana per combattere i trigliceridi alti o il colesterolo cattivo.

C'era un solo modo per saperne qualcosa di più:

Stuart prese la lettera digitale e lesse la dicitura in calce: "Naoi Lynch, Holland Street, 9. SE1. London (U.K)".

SE1. South Eastern 1. Il codice postale era quello di Bankside, dall'altra parte del fiume. Molto vicino a dove si trovava ora.

Si vestì rapidamente. Nascose lo scrigno in un'anta alta dell'armadio di tek, dietro ad asciugamani colorati lindi e puliti. Coprì Naoi con il lenzuolo, fino al collo. Le diede un bacio sulla tempia e inalò il suo odore. Infilò nelle tasche del cappotto il timer dell'Endream, le chiavi, il badge, l'agendina, la lettera digitale e uscì dalla suite, ricordandosi di mettere, appesa alla maniglia esterna, il cartello "Do not Disturb".

Fece il corridoio di corsa. Chiamò l'ascensore in preda a un'agitazione spasmodica. Quando le porte si aprirono si gettò dentro e spinse il pulsante per scendere al piano terra. Nell'abitacolo era solo. Rabbrividì. Poi ebbe la forza di fare qualcosa che non aveva mai fatto in vita sua: urlò. Urlò con tutto il fiato che aveva in gola.

Doveva riuscirci.

Doveva salvarla.

14
Before

Il taxi impiegò pochi minuti per portarlo dall'Hotel Curzon alla casa di Naoi, al numero nove di Holland Street, una via tranquilla alle spalle della Tate Modern. L'appartamento era all'interno di una palazzina bassa di mattoni vivi. Il portone a vetri d'ingresso era chiuso e all'interno non si vedeva traccia di qualche cyber-porter.

Stuart lesse i nomi degli inquilini sul display dei campanelli. Eccola. "N. Lynch - Third Floor".

Tirò fuori dalla tasca il badge e lo passò sul visore a raggi infrarossi collocato di fianco al portone, che si aprì con uno scatto secco. Percorse l'atrio e salì le scale, ignorando l'ascensore. Al terzo piano c'era solo una porta in legno scuro. Estrasse il mazzo di chiavi e le provò nella serratura. Al secondo tentativo riuscì ad aprire.

La casa di Naoi era spoglia, asettica. Un grande open space i cui colori predominanti erano il bianco e l'antracite. Nessuna foto e nessun quadro appesi alle pareti. L'arredamento era composto da un angolo cottura interamente strutturato in acciaio inox e da un futon a due piazze ricoperto da un telo panna monocromo. Una porta, laterale rispetto all'entrata, dava su un bagno senza finestre, piastrellato con maioliche grigie e bianche. Una seconda porta, collocata di fronte all'angolo cottura, parallela alla vetrata che dava sulla strada, conduceva in una piccola stanza adibita a laboratorio di pittura. Anche qui i colori predominanti erano il bianco e l'antracite: due pareti erano state dipinte di bianco, le altre due color antracite.

In un angolo erano appoggiate delle tele, di dimensioni diverse.

I quadri, tinteggiati con colori trasparenti, resi più vividi grazie all'applicazione di migliaia di punti piccoli e ravvicinati, raffiguravano persone ritratte in ambienti asettici, freddi. Uffici, corridoi di qualche banca, fast food di cibo organico, hall di sale congressi. Nei dipinti appariva la tanto decantata nuova classe media attenta ai valori del lavoro, algidamente impegnata nel far progredire il sistema, circondata da oggetti ricercati e di lusso. I personaggi, soprattutto le donne, erano sorpresi mentre compivano azioni quotidiane, semplicissime, come digitare sulla tastiera di un notebook, parlare in uno smartphone, stringere la mano a un collega di qualche briefing aziendale. Sempre all'interno di un ambiente sobrio e tecnologicamente sicuro.

Quello che colpì Stuart fu la straordinaria precisione fotografica di quelle tele. Alcuni particolari erano perfettamente a fuoco e altri no, con un tipico effetto riscontrabile anche nella tecnica fotografica. Davano l'idea di una grande unità atmosferica, ma trasmettevano anche un profondo senso claustrofobico dovuto al diffondersi della luce negli interni attraverso finestre socchiuse, dal gioco dei riflessi, dagli effetti di trasparenze, di penombre, di controluce.

Nella stanza c'era un armadietto d'acciaio. Stuart lo aprì e trovò tubetti di colori a olio, pennelli e stracci puliti, tavolozze intonse.

Tornò nell'open space. Notò che una delle pareti era in realtà un armadio a muro. Dentro c'erano vestiti, quasi tutti neri, simili a quello che Naoi aveva indossato per il loro incontro, un cappotto di pelle, un paio di anfibi militari, un paio di scarpe nere con il tacco alto. In un cassetto trovò biancheria intima e calze di nylon. In un altro una rivista d'arte con una sua foto in copertina. Riconobbe lo stesso sguardo assente e privo di espressività. La dicitura recitava: "Naoi Lynch: un viaggio nel futuro della tradizione".

Stuart sfogliò il magazine. L'inserto centrale era dedicato a una mostra che Naoi aveva fatto due anni prima a Dublino. L'articolista l'apostrofava come una delle grandi promesse della pittura contemporanea e definiva i suoi lavori come un "magnifico esempio di iperrealismo quotidiano". Le fotografie immortalavano tele con soggetti simili a quelli che Stuart aveva visionato nel laboratorio.

Aprì gli altri cassetti contenuti nell'armadio. Qualche antologia di haiku e di tanka giapponesi.

Un cubo di Rubik, insolitamente colorato e incongruente in quell'ambiente. Un pacco di fotografie tenute insieme da un elastico. Ritraevano una Naoi bambina in compagnia di una donna molto bella dai lineamenti orientali e di un uomo alto, rubizzo, con i capelli rossi sempre sorridente, in tutti gli scatti. Erano fotografie che raccontavano di una vita familiare: i tre a tavola, seduti sul ciglio di una collina verde, dietro a una gigantesca torta di compleanno, a passeggio in riva al mare. Davano l'idea di pace e serenità. In quasi tutta la serie Naoi aveva l'espressione beata e ingenua che Stuart le aveva visto comparire sul volto mentre passeggiavano mano nella mano ad Hastings e quando gli aveva sussurrato quel "Ti amo" nella suite dell'Hotel Curzon.

Tirò fuori dalla tasca il timer: sette ore, quarantaquattro minuti, sedici secondi. Quindici. Quattordici. Tredici...

Rovistò nelle tasche dei vestiti. Trovò un biglietto da visita plastificato nel comparto interno del cappotto di pelle. "Dott. Richard Powel: consulente psicoanalitico, counselor e orientatore esistenziale; Waterloo Road, 99, London; +44 344 225 1826; rp@rp.uk".

R.P. Eccolo. L'appuntamento del venerdì era con uno psicologo. Il dottor Richard Powel.

Stuart ripensò alle parole di Naoi: "C'è qualcosa che mi ossessiona da quando sono piccola, che influisce sulla mia vita e con cui devo convivere".

Forse il dottor Powel avrebbe potuto spiegargli

di che cosa si trattava. Forse avrebbe potuto aiutarlo a salvarla.

Non c'era tempo da perdere. Si mise il bigliettino in tasca e uscì di casa.

15
Before

Il taxi lo lasciò davanti al palazzo. Stuart entrò nello stabile. Dietro una scrivania una ragazza con un camice bianco e una coroncina di fiori rossi sui lunghi capelli cenerini alzò lo sguardo dal notebook sul quale stava digitando qualcosa e gli sorrise:

— Desidera?

— Cerco il dottor Richard Powel.

— Ha un appuntamento?

— Vengo per conto di Naoi Lynch, aveva una seduta con lui, oggi. Sono il marito. Devo assolutamente dire una cosa importantissima al dottore.

La ragazza non sembrava troppo interessata se credere o meno alla storia raccontatale da Stuart. In modo molto professionale cliccò qualcosa sulla tastiera:

— Ora il dottor Powel è libero. Il suo studio è al secondo piano. In fondo al corridoio.

— Grazie. — Stuart camminò spedito fino alle scale. Salì i gradini due a due. Il palazzo conteneva una serie svariata di studi e ambulatori. Trovò la porta che cercava. Mise il dito sul touchscreen che fungeva da campanello.

Sperò che la segretaria all'entrata non avesse telefonato per annunciare al dottore la sua visita e che nello studio non ci fossero altre persone insieme a Powel.

La porta si aprì e Stuart si trovò davanti un uomo sui cinquant'anni, tozzo, con la barba e i capelli precocemente imbiancati e gli occhiali spessi. Indossava un pullover amaranto di cotone, larghi pantaloni di velluto beige, e mocassini classici di cuoio chiaro.

— Il dottor Powel?

— Sì. Cosa desidera? — Gli occhi celesti di Powel percorsero con un guizzo il volto di Stuart. I suoi modi erano distaccati, per nulla amichevoli. Stava memorizzando la sua fisionomia, ma non nutriva alcun interesse nei suoi confronti.

— Buongiorno. Mi chiamo Stuart Klein, sono uno psichiatra. All'ospedale di Brixton mi hanno parlato di lei come di uno specialista delle patologie ossessive. Vengo per conto di un mio paziente, forse lei potrebbe aiutarmi.

Powel continuava a osservarlo con fare distaccato, quasi neutro:

— Venga dentro.

Stuart lo seguì nello studio. Alle pareti bianche erano appese gigantesche e inquietanti fotografie: una massa indistinta di corpi scheletrici ammassati uno sopra l'altro ad Auschwitz; un monaco buddhista che si immolava nel centro di Saigon per protestare contro il governo sudvietnamita; le

Twin Towers che si sgretolavano in una mattina di sole del settembre del 2001; l'interno del Teatro Bataclan, a Parigi, cosparso di morti a seguito dell'attentato terroristico del 2015; un bambino nudo che camminava tra le macerie di Karachi poche ore dopo lo scoppio della bomba atomica lanciata dall'India sulla città pakistana nel 2021; il primo piano dell'ex presidente turco, seduto alla sua scrivania, con la testa sfondata dalla pallottola della pistola con cui si era suicidato appena saputo del colpo di Stato kemalista che aveva messo fine al suo ultraventennale potere.

Dalla finestra ad arco si vedevano il retro sulla stazione di Waterloo e una generosa porzione di cielo.

Un levriero che dormiva ai piedi della scrivania si alzò, sbadigliò, si scrollò, cominciò a muovere la coda sottile e, dopo essersi stiracchiato, si diresse verso un sofà verde pisello, collocato contro la parete di destra, e vi balzò sopra.

— Si sieda, dottor Klein — disse Powel indicando una poltroncina Luigi XVI dalle gambe tornite. — Gradisce qualcosa da bere? Posso far chiamare la segretaria, giù al piano terra. È molto più efficiente dei cyber che si trovano ormai dappertutto. — Il timbro della sua voce era atono, indifferente.

— No, grazie.

Powel prese una sigaretta elettronica appoggiata sopra la scrivania e l'accese:

— Dunque, mi dica di questo suo paziente.

— Come le dicevo soffre di una grave patologia ossessiva. Ce l'ha da quando era bambina.

— Bambina?

— Come?

— Ha detto che è qui per un suo paziente, non per una sua paziente.

Stuart stava per replicare, quando Powel mostrò un ghigno freddo, cattivo:

— Non prendiamoci in giro, perché è qui? È davvero uno psichiatra?

Stuart estrasse il suo tesserino identificativo e lo passò al dottor Powel. Questi lo esaminò con noncuranza e glielo ridiede:

— Allora?

— Sono qui per Naoi Lynch.

— Naoi Lynch... non è venuta oggi. Aveva appuntamento con me alle tredici.

— Ecco, vede... ha a che fare con l'Endream.

— Tutto, oggi, ha a che fare con l'Endream.

— Già... mi ascolti, dottore, Naoi e io ci siamo conosciuti al Ministero della Programmazione e...

Parlò ininterrottamente per venti minuti, senza tralasciare nessun particolare del suo incontro con Naoi, fino a raccontargli del perché era lì.

— Naoi mi ha detto di avere un'ossessione che influisce sulla sua vita e con la quale è costretta a convivere. Pensavo lei potesse aiutarmi a saperne qualcosa di più.

— No, mi dispiace.

Stuart sospirò e guardò il cielo fuori dalla finestra. In lontananza comparvero tre puntini rossi.

Di lì a breve giunse il suono di elicotteri in volo:

— Naoi è in una stanza d'albergo e rischia di morire.

Powel non si scompose, sembrava quasi aspettarsi una situazione come quella. Aveva ascoltato Stuart camminando lentamente avanti e indietro, con una mano infilata nella tasca dei suoi pantaloni di velluto beige, mentre con l'altra stringeva la sigaretta elettronica:

— Ha detto che la signorina Lynch possiede l'antidoto.

— Ma non so come recuperarlo. Ho pensato che la combinazione dei numeri per aprire quello scrigno potesse avere a che fare con le ossessioni di Naoi.

— Potrebbe darsi, sì.

— Diversamente dovrò cercare l'antidoto da qualche parte... ma non conosco il gruppo sanguigno di Naoi.

— Nemmeno io. Peccato, perché l'antidoto specifico è creato sul gruppo sanguigno e ha efficacia istantanea — disse il calmo e tarchiato Powel con quel suo ghigno freddo, inumano. Poi con aria diffidente si voltò e strizzò gli occhi verso gli elicotteri che si stavano avvicinando.

Stuart poté vedere che sulle fiancate dipinte di rosso acceso spiccava la E maiuscola dell'Endream in bianco.

— Pubblicità — disse Powel. — Pubblicità volante.

— Dottore. Naoi pare non possieda smartphone, minitablet, notebook. In casa sua non c'è la televisione, uno stereo. Nulla di nulla.

— Una ragazza legata alle tradizioni.

— Potrebbe essere questa la sua ossessione? Un rifiuto della tecnologia?

— Una specie di luddista, dice? — Powel contemplò gli elicotteri che si allontanavano nel cielo, verso il Tamigi. — Non so, potrebbe essere.

Stuart si guardò in giro. Stava facendo uno sforzo sovrumano per non tirare fuori di tasca il timer e scoprire quello che era inevitabile: il tempo correva. Correva veloce:

— Queste fotografie appese ai muri aiutano i suoi pazienti?

— Fanno capire loro che in passato l'umanità ha utilizzato modi più atroci e più stupidi per porre fine alla propria esistenza. Li tranquillizza.

— Sta difendendo l'Endream?

— Io analizzo semplicemente la storia. Il problema era il sovrappopolamento? Bene, e allora mi dica a cosa sono servite le guerre per ridurlo? A nulla. Dopo che gli indiani hanno lanciato la bomba atomica sul Pakistan è aumentata l'emigrazione verso l'Europa, così come in Iran a seguito dell'invasione americana. E dopo l'unificazione delle due Coree? Sovraffollamento dei grandi centri abitati, reinserimento delle migliaia di cittadini nordcoreani imprigionati nei campi di rieducazione. — Powel continuava a percorrere a passi lenti il morbido tappeto. A dispetto della sua corporatura tozza, i suoi movimenti non erano privi di una certa grazia.

Stuart lo notò mentre lo osservava portare la sigaretta elettronica alla bocca ed espirare una nuvoletta di fumo azzurrognolo aromatizzato al cedro. Più che la forza, la sua persona emanava un senso di sicurezza e distacco. Stuart capì anche che aveva a che fare con un individuo che abusava dell'Endream e dell'antidoto: il dottor Richar Powel avrebbe avuto bisogno di cure psichiatriche.

— Emigrazione, carestie, bombe, guerre... niente ha arginato il problema: eravamo troppi. Non c'era scelta se non trovare un sistema definitivo ed efficace, e l'Endream lo è. Oggi possiamo andare in Cina, in Nigeria, in India senza il rischio di calpestare qualcuno mentre camminiamo. Non ci sono più conflitti armati. Il terrorismo è stato depennato, se si escludono quei quattro morti di fame di fondamentalisti islamici che molto presto la Coalizione Internazionale spazzerà via dalla faccia della terra. È un mondo pacifico, il nostro. Si vive bene. Io non difendo l'Endream, io dico che era necessario inventare quella pillola.

Il levriero scese dal sofà e prese a leccare la mano di Powel.

— Ora basta, Freud.

Il cane andò ad accovacciarsi sotto la scrivania.

— Dottore, lei mi sta dicendo cose che conosco. Io voglio sapere di Naoi.

Gli occhi celesti di Powel scrutavano Stuart in modo neutro, scostante:

— C'è il segreto professionale. Lei è un medico,

dovrebbe saperlo... e ora, se non le dispiace, ho un appuntamento tra poco. Le chiedo gentilmente di andarsene.

Lo accompagnò alla porta:

— E stia attento, quella donna la porterà su una strada pericolosa.

Senza rispondere e senza fare alcun cenno di saluto Stuart uscì. Sentì che la porta si richiudeva silenziosamente alle sue spalle.

16
Before

Cinque ore, ventidue minuti, sette secondi. Sei. Cinque. Quattro...

Aveva ancora del tempo. Forse...

Stuart camminava in direzione nord. Deciso a tornare all'Hotel Curzon, da Naoi. Con un po' di fortuna avrebbe potuto scassinare lo scrigno che conteneva l'antidoto.

Si chiese se, a dispetto del cartello appeso fuori dalla porta della suite, qualcuno non fosse entrato nella stanza trovando la ragazza priva di sensi.

Gocce di sudore freddo gli scendevano lungo la schiena.

Il traffico veicolare che scorreva al suo fianco produceva un costante ronzio meccanico.

All'altezza del Franklin-Wilkins Building si fermò di colpo. Naoi non era una donna che giocava, se aveva deciso di usare quel piccolo e solido bauletto per custodire l'antidoto e gli aveva fatto trovare quel biglietto significava che voleva qualcosa da lui. Una prova. Una vera prova di umanità. Non poteva perciò risolvere tutto cercando di scassinare lo scrigno. Non ci sarebbe riuscito.

Naoi non aveva lasciato nulla al caso. Ne era consapevole.

Sospirò e si mise a guardare, in lontananza, il London Eye che girava e girava su se stesso, regalando ai turisti un panorama immortalato in modo sempre uguale, ripetitivo, scontato.

Rifletté sull'antidoto. Ne esistevano di due tipi: quello specifico, di cui aveva fatto menzione anche il dottor Powel, creato sul gruppo sanguigno di chi lo prendeva, che aveva un riscontro positivo istantaneo, e quello generico, che andava rilasciato gradualmente con una flebo almeno due ore prima dello scadere.

Cinque ore, cinque minuti, diciotto secondi. Diciassette. Sedici. Quindici...

Forse avrebbe fatto ancora in tempo a salvarla, se lo avesse trovato di lì a poco, anche iniettandole l'antidoto generico... ma dove poteva andare per procurarselo?

Fu tentato di ritornare nello studio del dottor Powel e costringerlo a rivelargli il suo fornitore, ma sapeva che sarebbe stata fatica sprecata.

Estrasse il minitablet e scorse la rubrica con gli indirizzi dei suoi pazienti. Molti di loro erano dipendenti cronici dell'Endream... Ray Desness... Jenny Efron... Alec Elliot... Jim Laker... eccolo: Oliver Stewart. Figlio di un noto industriale, consumatore compulsivo.

Toccò il tasto per chiamarlo e portò il minitablet all'orecchio.

Lasciò squillare.

Non rispose nessuno.

Guardò l'indirizzo: Dalberg Road, 77. Brixton.

Con la coda dell'occhio vide un taxi che passava in quel momento. Alzò il braccio e la macchina si fermò.

— Dalberg Road, 77. È a Brixton, svelto!

Per giungere a destinazione ci impiegarono mezz'ora, per colpa del traffico. Sembrava che il tassista avesse fatto apposta nel prendere le strade più intasate.

Oliver Stewart viveva all'interno di un residence esclusivo, uno di quei complessi costruiti sulle macerie degli *Estate* popolari dopo la rivolta del 2025. La casa, bianca, geometrica, che ricalcava il modello di Villa Savoye, la celebre abitazione progettata da Le Corbusier più di cento anni prima a Poissy, in Francia, era circondata da magnifici prati verdi.

Stuart lesse i nomi sul citofono elettronico finché trovò "HolyGraal". Si ricordava di quando, durante una seduta, Oliver gli aveva detto che era il nickname di battaglia che lui utilizzava durante i tornei di videogiochi virtuali di cui era un assiduo frequentatore.

Suonò, ma non rispose nessuno.

— Cerca qualcuno?

Si voltò e si trovò davanti un energumeno in divisa nera, armato di uno sfollagente elettronico, in compagnia di un cyber-cop che aveva pistole al posto delle mani. La sicurezza privata.

— Oliver Stewart.

— Se non risponde, forse non c'è.

— Probabilmente ha ragione. Arrivederci.

Stuart fece finta di allontanarsi lungo il vialetto d'accesso al residence, poi, appena l'improbabile duo ebbe svoltato l'angolo dell'abitazione, tornò sui suoi passi. La fortuna lo aiutò: una donna stava uscendo in quel momento. Lui le passò di fianco salutandola cordialmente e sgusciò all'interno della palazzina prima che la porta si richiudesse.

C'erano telecamere ovunque e non sarebbe passato molto tempo prima che quelli della sicurezza lo scovassero.

Trovò la porta dell'appartamento di Oliver sul retro. Provò a bussare. Silenzio.

Bussò ancora, con impazienza. In modo spasmodico.

Nulla.

Sentì dei rumori provenire dalla porta dirimpetto. Si voltò e vide un ragazzo magro, biondo, con le sopracciglia disegnate con l'ombretto. Indossava una t-shirt rosa e un paio di pantaloncini neri. Era scalzo:

— Cerca Oliver?

— Salve, sono il dottor Stuart Klein, il medico di Oliver. — Fece vedere il tesserino identificativo al ragazzo. — Devo parlargli urgentemente.

Il ragazzo sorrise, mostrando una dentatura d'oro:

— Oliver mi ha parlato di lei, sa, siamo amici. Mi ha detto che lo sta aiutando molto per provare a fargli superare la sua dipendenza... non so dove sia. Ieri sera era qui da me a giocare a un video-gioco virtuale quando gli è arrivato un messaggio con una foto della sua ex... beh, lui si è infuriato. Pare che quella stronza gli abbia fatto avere un suo scatto mentre era impegnata nell'atto di suc-chiarlo a qualche ganzo. — Il ragazzo si leccò il labbro superiore. — Oliver è uscito da casa mia dicendo che gliel'avrebbe fatta pagare. Non so do-ve sia andato. Non è la prima volta che capita, sa, quella ragazza è perfida... io dico che non bisogna mai fidarsi delle donne. Se vuole lasciar detto a me, quando torna gli riferirò il suo messaggio.

— No... non importa... senta, ma lei sa dove va di solito Oliver quando esce?

Il ragazzo fece spallucce:

— Può anche darmi del tu, dottore. Oliver mi parla spesso di un posto, su a Hackney, il *Dream On*, dove va con quella pazza della sua ex. Non so. Se è urgente provi lì, però mi sa che è ancora pre-sto.

Dream on, certo. Oliver glielo aveva citato spesso durante i loro incontri. Era il posto dove andava a prendere l'Endream e a farsi iniettare l'antidoto. Stuart era rimasto profondamente col-pito, quando Oliver gliene aveva parlato, del fatto che esistessero strutture dove, pagando alla fine del trattamento, una volta risvegliatisi, la panacea contro il sonno eterno venisse affidata a scono-sciuti professionisti. Stuart, anima solitaria per natura, che non poteva e non avrebbe saputo di chi fidarsi, trovava stupefacente che i tossicodipendenti di Endream dessero in mano la propria vita a persone che non facevano parte della propria cerchia familiare o affettiva.

— Grazie delle informazioni...

— Pedro. Può chiamarmi semplicemente Pedro, dottore.

— Grazie Pedro. Arrivederci. — Stuart si congedò dal ragazzo, percorse il corridoio del residence, uscì in strada e camminò fino a una tavola calda.

Entrò, ordinò un caffè doppio al guaranà e lo sorseggiò cercando, sul minitablet, l'indirizzo del *Dream On*. Per essere un locale equivoco non aveva paura di apparire sui tabulati della rete. Indirizzo, email, numero di telefono comparivano tranquillamente nella prima pagina del motore di ricerca. Era un coffee shop aperto ventiquattro ore su ventiquattro.

Fu tentato di dare un'occhiata al timer dell'Endream, anche se sarebbe servito solo a fargli risalire l'angoscia. La sua unica certezza era che aveva tempo fino alle nove.

Poteva tornare da lei, all'hotel. Impiegare le ore di attesa per farle compagnia. Sussurrarle all'orecchio parole dolci. Dirle che aveva visto i suoi quadri. Che aveva capito qualcosa di lei.

O poteva stare lì, in quella tavola calda. Un'anonima tavola calda di Brixton, vicino a casa sua. A pensare e ripensare.

Stuart era stanco, spossato.

Il *Dream On* gli sembrava l'unica soluzione.

Avrebbe comprato un antidoto generico e si sarebbe fatto dare una flebo. Avrebbe pagato tutto quello che gli avessero chiesto. Poi sarebbe corso da Naoi e l'avrebbe salvata per portarla ad Hastings, o da qualche altra parte, lontano da quella grande metropoli, nel tentativo di condurre una vita normale.

Si ricordò di non aver mangiato nulla dal giorno precedente. Ordinò un toast con prosciutto e crauti e un altro caffè al guaranà. Ingurgitò velocemente, senza masticare, osservando il via vai di gente ben vestita che camminava davanti alla vetrata. Erano giovani, di razza bianca, impeccabili nella loro perfezione. Erano i nuovi abitanti di Brixton, quelli che avevano sostituito la popolazione autoctona, che avevano trasformato le sonorità reggae che vibravano nell'aria in qualcosa di desueto e marginale.

Buttò giù il caffè, lasciò la tazzina sul tavolo e uscì in strada.

17
Before

Il *Dream On* era ubicato al confine tra il Borough di Hackney e quello di Whaltamstow, a ridosso del fiume Lea. Era un'ex fabbrica di piastrelle dai muri di vetro-cemento, a due piani, alle cui spalle troneggiava un'alta fornace a forma di bottiglia. Un autentico gioiello di archeologia industriale.

A sinistra del locale c'era una vecchia e malmessa palazzina di epoca vittoriana, a destra si ergeva una costruzione rettangolare, probabilmente un deposito.

Stuart arrivò davanti all'entrata, dove c'era già una fila, che si allungava per qualche metro, di giovani desiderosi di entrare.

Quando fu il suo turno pagò il biglietto a una ragazza dai capelli blu che indossava un top di cuoio e un boa di piume di struzzo rosa seduta dietro un tavolino di vetro.

La ragazza gli prese la mano e gli appose sul polso un timbro con la dicitura "Dream On".

Il locale era invaso dalla clientela più svariata. Nobili della famiglia reale caduti in disgrazia, mercenari della Coalizione Internazionale in licenza da qualche anfratto mediorientale ancora in mano alle milizie islamiche, attori alcolizzati, brooker della City, escort altolocate, commesse delle boutique di lusso di Chelsea e Dalston, semplici ubriaconi con il portafoglio gonfio di quattrini da spendere.

La sala, molto grande, era invasa da una nuvola profumata al sandalo. La nebbia prendeva le sfumature delle luci stroboscopiche che vorticavano appese al soffitto. Le illusioni ottiche agivano sui movimenti dei camerieri che comparivano e scomparivano, avvolti dal fumo, tra i tavoli.

Stuart si appoggiò a una colonna di calcestruzzo decorata con ideogrammi cinesi. Intorno a lui tutto era caos, eccitazione, frenesia.

Dalle casse veniva pompata una musica hard trance. La struttura era ripetitiva, elettronica e dalla battuta molto dura e pestante. Ogni tanto guizzava, sopra la violenza sonora, qualche melodia estremamente vivace ed elaborata. Il basso sincopato e la batteria techno vibravano dentro la pancia di Stuart. Faceva caldo. Si sentiva nervoso e fuori posto.

Vicino a lui un gruppo di studenti, pettinati con acconciature accurate, rumoreggiavano passandosi un bong ad acqua dalla cui cialda bruciava marijuana molto aromatizzata.

Si spostò verso il bar. Sugli sgabelli sedevano uomini soli intenti a guardare due ragazze di colore, nude, se si escludeva un perizoma rosso, che in piedi su cubi di cristallo, alle spalle dei baristi, si muovevano in modo sensuale, a tempo con la musica.

Commesse ubriache, banchieri sghignazzanti, escort imbellettate, stelle della pubblicità al tramonto, sconosciuti in doppio petto, ragazzine in tacchi alti e camicette scollate si accalcavano le une addosso agli altri. Mani toccavano seni, lingue leccavano orecchie, bicchieri venivano fatti tintinnare per un brindisi.

Stuart cercò di scorgere Oliver in mezzo alla folla festante, inutilmente. Si domandò a chi potesse chiedere per avere l'antidoto.

Poi da un anfratto della mente gli riemerse un dialogo avuto durante una seduta:

— Il proprietario del *Dream On* è un fanatico dei film degli anni Ottanta del secolo scorso, dottore, e per avere la possibilità di sballarsi bisogna andare sul retro, bussare e presentarsi con un titolo di una di quelle schifezze come parola d'ordine.

— E tu quale usi?

— Arma letale 1987. Lei per caso lo ha visto al cinema, dottor Klein?

— Avevo un anno, allora, Oliver...

Arma letale 1987... Stuart si diresse verso l'entrata, si fece largo e uscì in strada.

Inspirò ed espirò. Più volte.

Gli giunse all'orecchio il sibilo del vento tra i palazzi, il suo lamento lontano, simile al fruscio di un segnale radio.

Costeggiò il lato sinistro del locale e giunse sul retro. Gli effluvi di acqua stagnante del fiume Lea si insinuavano su per le narici. Stuart vide un grosso topo, illuminato dal primo chiaro di luna, sgusciare fuori da una colonna di pneumatici abbandonati e tuffarsi in acqua.

Al centro della parte posteriore del *Dream On* c'era una porta rossa, sorvegliata da telecamere.

Stuart bussò.

Due colpi decisi.

La porta si aprì dopo qualche secondo.

Un uomo, glabro, in giubbotto di pelle, jeans sbiaditi e anfibi lo scrutò in modo diffidente:

— Che vuoi?

— Arma letale 1987.

L'uomo sollevò un vecchio walkie-talkie:

— Ho qui Arma letale 1987.

Stuart sudava. Il cuore pompava a mille.

Una voce gracchiante, proveniente dalla radio ricetrasmittente, ordinò:

— Fallo entrare.

— Seguimi — disse l'uomo. Accese un led portatile e si incamminò lungo un corridoio buio. Da qualche parte, in quell'oscurità, provenivano i battiti ipnotici della musica che veniva suonata all'interno del *Dream On*.

La luce del led si fermò. L'uomo schiacciò un pulsante nella parete e azionò una leva accanto a una saracinesca. Poco a poco la saracinesca iniziò a sollevarsi con un gemito acuto e metallico.

Il corridoio proseguiva nel cuore delle tenebre.

Stuart vide, improvvisamente, la luce di un altro
led avvicinarsi. Il fascio di luce lo accecò, impedendogli di capire chi potesse essere che teneva in
mano la torcia. Riusciva a malapena a distinguere
una sagoma scura e confusa.

— Arma letale 1987... che coincidenza, eh? —
disse una voce maschile.

Poi un violento colpo sulla fronte fece perdere i
sensi a Stuart.

18
Now

Stuart aspettò appoggiato al muro di un corridoio illuminato da un neon bianco. I due energumeni uscirono dalla stanza trascinando il lettino odontoiatrico e lo sistemarono di fianco a una tubatura che correva fino al soffitto. Con un balzo al cuore Stuart riconobbe Oliver. Le braccia penzolanti lungo i fianchi, la pelle del viso verdastra, la bava alla bocca che gli colava sulla guancia e sul mento. Gli occhi erano sbarrati.

— Ma... ma... quello è Oliver Stewart. Cosa gli è successo?

— Cammina e non fare domande. — Uno dei due uomini lo spinse da dietro.

Percorsero un lugubre androne umido. Un topo gli passò accanto e scomparve in un anfratto del muro.

Si trovarono davanti a una porta di ferro. Un energumeno bussò e poi aprì.

Entrarono in una stanza illuminata da una lampada a piedistallo da set cinematografico, che produceva una calda e morbida luce rosa. Le pareti erano nascoste da librerie alte fino al soffitto su cui erano disposti centinaia di vecchi manoscritti cartacei. Dietro una scrivania di legno massiccio, su cui troneggiavano, ai lati opposti, due civette imbalsamate, era seduto un vecchio.

— Ti abbiamo portato il ficcanaso, Mister Scholarly — disse uno degli uomini alle spalle di Stuart prima di sfilargli il portafoglio dalla tasca del cappotto e allungarlo al vecchio. Questi era un uomo non troppo alto, sui settant'anni, con le spalle strette, un'incipiente calvizie e il naso gibboso. Le sopracciglia e i baffi scuri gli conferivano un aspetto arrabbiato. La sua pelle sembrava legno mal levigato.

Dita nodose stavano esaminando il tesserino identificativo di Stuart:

— Dottor Stuart Klein. Psichiatra... interessante. E cosa ci fa uno psichiatra in questo posto?

— Cercavo Oliver, per aiutarmi a trovare l'antidoto... cosa gli è successo?

— Le piacciono le metafore? — Il vecchio prese a fissarlo. Aveva una faccia minuta, scheletrica, piena di rughe e quasi asessuata.

— Non capisco.

— Hanno massacrato gli angeli legandogli le gambe bianche sottili con filo di ferro e tagliandogli le gole setose con coltelli gelidi. Sono morti sbattendo le ali come polli e il loro sangue immortale ha bagnato la terra incendiata... Lenore Kandel, la conosce? Una grande poetessa. Il personaggio di Ramona Swartz, nel romanzo *Big Sur* di Jack Kerouac, è ispirato a lei.

— Le ho chiesto cos'è successo a Oliver.

— Gliel'ho appena spiegato, dottore. — Fece un cenno del capo e l'uomo alle spalle di Stuart lo fece sedere, spintonandolo, sulla sedia davanti alla scrivania.

— Arma letale 1987. Ognuno dei miei clienti ha una parola d'ordine. E dato che Oliver era già qui... le piacciono i film?

— Non so... io non ne vedo molti...

— Tutti credono che io ami i film degli anni Ottanta del ventesimo secolo per via delle parole d'ordine, ma non è vero. Ok, *Ran*, *Kagemusha*, *Brazil*, *Scarface* sono grandi film... io, però, preferisco leggere.

Stuart si mise la mano in tasca. Non gli avevano sottratto nulla, oltre il portafoglio. Prese il timer dell'Endream e lo osservò sgomento: due ore, quarantasette minuti e ventisei secondi. Venticinque. Ventiquattro. Ventitré...

— A cosa le serve quel timer, dottore? — chiese il vecchio.

— Io devo salvare una persona. Mi lasci andare. — Stuart lo fissò con espressione risoluta e gelida.

— Mister Scholarly, vuole che lo sistemiamo noi?

Il vecchio alzò una mano e se la portò alla bocca, facendo cenno di tacere ai suoi uomini:

— Dottor Klein, non si viene a casa mia e mi si manca di rispetto. Lei voleva entrare bluffando e ora mi parla in modo arrogante.

— I suoi scagnozzi mi hanno picchiato... sono

rimasto svenuto per ore...

— Il sangue è già essiccato. Le si formerà un bernoccolo sulla fronte e poi tutto passerà. Ma non dovrebbe biasimarli. Sa, il *Dream On* è un locale con tutte le licenze in regola, ma quello che facciamo qui sotto deve rimanere, come dire... segreto. A meno che uno non possa permetterselo. Capisce cosa intendo?

Stuart non rispose.

— Perché ha cercato di entrare con il lasciapassare di Oliver Stewart?

— È un mio paziente. Mi ha parlato di questo posto e mi ha confidato la parola d'ordine...

— Il suo amico ieri sera ha fatto un casino, per poco ammazzava uno. Pare che si fosse convinto che il tizio in questione si fosse fatto fare una fellatio dalla sua ragazza. Lei la conosce? Dovrebbe valutare di prenderla tra i suoi assistiti. È una tossica come Oliver. Una prostituta senza classe in cerca di chi possa pagarle l'antidoto... comunque, i miei ragazzi lo hanno portato fuori, lui ha sganciato un mucchio di quattrini ed è sceso quaggiù a farsi il suo viaggio. I dettagli non mi interessano, ma credo si sia calato altre droghe e il mix lo ha ridotto come sa... peccato, era un buon cliente. Mi lascia con il gravoso compito di farlo scomparire, per sempre.

— Ho bisogno di un antidoto generico.

— Certo, in molti ne hanno bisogno. Per lei?

— No. Devo salvare una persona. Una donna...

Mister Scholarly sorrise e la sua pelle nodosa

sembrò doversi crepare da un momento all'altro:

— Quanto manca?

Stuart gli mostrò il timer.

— Manca poco — rise stanco il tiglioso e nasuto vecchio. Iniziò a sciacquarsi le mani in una bacinella chirurgica riempita d'acqua che teneva sulla scrivania, poi inzuppò nel contenitore una salvietta di spugna che teneva lì a fianco. — Ma gli arcangeli non si vedono. Dove saranno?

— Gli arcangeli?

— Citavo Vladimir Sorokin, un drammaturgo russo. Conosce il Teatro Bolshoj? — Prese la salvietta, si rinfrescò la calvizie bagnata di sudore e scosse la testa. — Nessuno più è istruito a questo mondo.

— Mi ascolti: guardi dentro il portafoglio. C'è la mia carta di credito. Ho molti soldi. Posso pagarla. La prego, mi dia un antidoto generico.

Il vecchio lo guardò con commiserazione:

— Le spiego come funziona, dottore. L'antidoto generico va rilasciato gradualmente entro due ore dallo scadere del timer. Certo, io posso darglielo. Posso darle la flebo, la siringa, il cotone idrofilo. Tutto quello che può servirle per spararsi la sua pera. Ma ormai è inutile. È l'ora di punta ovunque in questa città. A meno che lei abbia un elicottero o la sua amata sia al piano di sopra, non può raggiungerla in soli trenta minuti. Siamo onesti: è tardi.

— Lei ce l'ha l'antidoto specifico?

— Di che gruppo sanguigno stiamo parlando?

— Mi dia tutti gli antidoti specifici che ha. Li compro, qualsiasi gruppo sanguigno.

Il vecchio rise:

— Lei mi fa scompisciare, dottore. C'è qualcosa di cavalleresco in lei. La ammiro, ma non sa di cosa sta parlando. L'antidoto viene prodotto da un campione del sangue. Chiunque le abbia raccontato che sarebbe bastato il gruppo sanguigno le ha mentito. E poi, se anche lei avesse questo campione... insomma, costa. Immagino lei guadagni bene con il suo lavoro e che sì, indubbiamente possa permettersi l'antidoto generico. Però con lo specifico non parliamo della stessa cifra. Mi spiace, dottore. Il mio consiglio è che utilizzi i suoi soldi per organizzare un bel funerale alla sua principessa. — Il vecchio allungò il portafoglio a Stuart, che se lo rimise in tasca. — E, mi raccomando: non cerchi più di entrare qui dentro abusivamente. Come diceva un proverbio persiano: "Mai aprire una porta che non è possibile chiudere di nuovo". — Fece un cenno all'uomo alle spalle di Stuart.

Lui si sentì prendere per le braccia e alzare in piedi. Non oppose resistenza.

Seguì l'uomo lungo un corridoio spoglio e si ritrovò all'aperto.

In strada era già buio.

Davanti al *Dream On* un giovane, chinato a quattro zampe, vomitava contro un palo della luce. Una ragazza appoggiata al cofano di una macchina, probabilmente una escort, rideva sguaiatamente guardandolo. Alcuni clienti del *Dream On* se ne andavano con passo incerto verso il posteggio dei taxi.

Stuart li seguì.

Salì, come un automa, sul sedile posteriore di un taxi nero:

— Hotel Curzon.

Tornava da Naoi.

Aveva fatto tutto quello che poteva.

Nessuno poteva fare più nulla per lui.

Per lei.

19
Now

Impiegò quasi due ore ad attraversare la città, intasata dal traffico serale.

Tolse il cartello "Do not Disturb" appeso alla maniglia esterna ed entrò nella suite. Era tutto come l'aveva lasciato.

Naoi dormiva su un fianco, coperta dal lenzuolo candido.

Stuart si sedette di fianco a lei e le accarezzò i capelli.

Le accarezzò le guance.

Le labbra socchiuse.

Si alzò in piedi, andò all'armadio di tek e prese lo scrigno.

Tornò con quello al letto, vicino a Naoi, per farle sentire la sua presenza.

Fuori dalla vetrata le luci che brulicavano sulle facciate dei palazzi si stavano spegnendo.

Era tutto silenzioso.

Immobile.

Provò a pensare, ma era stanco. Sconfitto.

Il suo tentativo di portare avanti una vita con un'altra persona era naufragato in partenza.

Prese una mano di Naoi e rimase così, a far passare il tempo. Gli occhi fissi, sul piccolo timer, appoggiato sul comodino, che scorreva inesorabile. Letale.

Stuart non aveva il coraggio di guardarla. La sentiva respirare regolarmente, la sua mano tiepida tra le sue dita.

Consultò il suo orologio: 09:00. Il timer sarebbe scaduto alle 09:09.

Facendosi forza si voltò verso Naoi:

— Spero che il tuo viaggio sia stato bellissimo...

Cosa avrebbe fatto, poi? Se ne sarebbe andato, lasciandola lì, da sola? Avrebbe organizzato il funerale dopo aver cercato traccia di qualche parente o amico per rendere la funzione meno modesta?

Se avesse avuto la pillola avrebbe potuto inscenare un suicidio come in *Romeo e Giulietta*. Tanto valeva fare un gesto romantico e di effetto anziché attendere di morire da solo in qualche stanza asettica del Ministero. Ma da quando aveva incontrato Naoi, aveva come l'impressione di aver avuto per tutto il tempo la vicinanza di un compagno misterioso, nascosto a osservare e influenzare le ultime ore. Una presenza intangibile, ma ben presente. Non riusciva a concepirla chiaramente, metterla a fuoco, ma era sempre stata con lui. Forse era questo di cui parlava Naoi? Era questo che cercava di spiegargli?

09:09... mancava pochissimo.

Improvvisamente una scarica gli attraversò la schiena. Immagini si proiettarono violente dalla memoria fino a quel momento.

Afferrò la lettera di convocazione: la data di invio era il 9 settembre. 09/09...

Era il nono incontro di Naoi... e anche il suo... alla stanza numero 9 al nono piano del Ministero della Programmazione...

Si ricordò che la mattina dell'appuntamento, quando era entrato nella stanza, il quadrante segnava le 09:09...

I taxi... Naoi aveva atteso, in entrambi i viaggi. Sulle fiancate delle vetture che poi aveva scelto compariva il numero 9. Compagnia Nine-Taxi "La più veloce di Londra", come recitava lo slogan...

Il treno per Hastings era partito dal binario 9 della Charing Cross Station... era il numero 0909 e i posti che Naoi aveva scelto erano nella nona carrozza...

Naoi viveva al numero nove di Holland Street e lui... lui abitava in Lambert Road, 9...

E adesso erano al nono piano, dentro la suite numero 909...

Nove... quel numero era ovunque, aveva scandito il loro incontro. Scandiva la loro vita... Naoi ne era consapevole, da quando si era fatta dare la sua lettera digitale e aveva visto la data... era per quello che all'interno della stanza al Ministero la sua espressione era cambiata di colpo...

Naoi... Naoi sapeva, aveva intuito tutto. "C'è qualcosa che mi ossessiona da quando sono piccola, che influisce sulla mia vita e con cui devo convivere... se rimani con me lo capirai...".

Stuart prese lo scrigno d'argento.

Ruotò la combinazione numerica a quattro cilindri: 9999.

Sotto i cilindri si accese il secondo minuscolo bollino rosso.

Aveva ancora un tentativo e mancavano due minuti e venti secondi. Diciannove. Diciotto. Diciassette...

Stuart si alzò in piedi, sempre stringendo il piccolo scrigno tra le mani.

Cosa non aveva funzionato?

Perché non il 9?

Guardò Naoi:

— Perdonami. — Girò il primo cilindro sullo 0. Il secondo sul 9. Il terzo sullo 0. Il quarto sul 9.

0909. Come l'orario in cui il timer sarebbe scaduto.

Il coperchio finemente ricamato sì aprì.

Stuart, con dita tremanti, aprì la fiala contenente il liquido azzurrognolo e riempì la siringa che appoggiò sul comodino.

Scoprì Naoi.

Strappò una striscia del lenzuolo e gliela strinse forte sull'avambraccio sinistro, in sostituzione di un laccio emostatico.

Riprese la siringa e le iniettò il contenuto nella vena del braccio.

Si voltò verso il timer: trentadue secondi. Trentuno. Trenta. Ventinove...

Niente.

Stuart si abbassò vicino al viso di lei e la baciò

sulla fronte:

— Perdonami... perdonami, se puoi...

Gli occhi a mandorla della ragazza si aprirono lentamente. Le pupille erano liquide e luminose. Sulla bocca le comparve un sorriso delicato:

— Stuart... Stuart, ce l'hai fatta... grazie...

Lui non poté fare a meno di piangere, stringendola forte tra le sue braccia, sussurrandole all'orecchio il semplice suo nome:

— Oh Naoi... Naoi...*

* Naoi, in gaelico, significa 09